集英社オレンジ文庫

王杖よ、星すら見えない廃墟で踊れ

仲村つばき

本書は書き下ろしです。

王杖よ、星すら見えない廃墟で踊れ

Contents

クリス
エスメの双子の兄。
ウィル
アルバートの王杖。
エスメ
西部の貧乏貴族、
アシュレイル家の伯爵令嬢。
アルバート
サミュエルの兄にして、〈青の陣営〉の王。
王杖よ、
星すら見えない
廃墟で踊れ
Character

ギャレット
ベアトリスの王杖。
ベンジャミン・ピアス
サミュエルの指南役。植物学者。
ベアトリス
サミュエルの姉にして、〈赤の陣営〉の女王。
サミュエル
〈緑の陣営〉の末王子。戴冠をひかえ、王杖を探している。
アン
サミュエルの愛犬。女の子。

イラスト／藤ヶ咲

王杖《おうじょう》よ、星すら見えない廃墟で踊れ

プロローグ

冷たい雪がしんしんと、イルバスの地に舞い降りた。

雪がもたらすのは、寒さと静寂《せいじゃく》である。どんなに美しい景色も、このイルバスの冬を前にしてはたちうちできない。すべてを残酷に飲みこみ、無に変えてしまう。

少年は意味ありげに目を細めて、その景色を瞳にうつしとった。苔《こけ》のようなまだらの、特徴的な緑の瞳は少年の自慢である。三人きょうだいの中で、祖父からこの特徴を受け継いだのは、少年——サミュエル・ベルトラム・イルバスだけだった。

「——行くぞ」

足を止め、しばし白一色と化した景色に目を奪われていたサミュエルは、緑のマントをひるがえし進む。懐《なつ》かしい離宮《りきゅう》。幼少の頃、彼の人生のすべてはそこにあった。かいがいしく世話を焼く女官、苦い薬をごまかすための甘いお菓子、読み切れないほどの絵本やすぐに飽きてしまう玩具《おもちゃ》。

そして、この世の何よりも優しい母親。

緑の陣営の臣下たちは、少年に付き従って進む。彼らの足取りに迷いはない。

この離宮に入るとき、サミュエルが向かう場所はいつもひとつ。例外などない。

（……そう、この匂《にお》いだ）

サミュエルは顔をしかめた。甘ったるい香りが、脳髄《のうずい》をしびれさせる。

昔は心地よかったのに、なぜだろう。今は肌が怖気《おぞけ》立《だ》つ。

最奥の部屋には天井から幾重《いくえ》ものベールが吊るされている。部下を入り口にとどめると、サミュエルはそれらをかきわけるようにしてまくり上げる。こうして、最愛の人物を探り当てるのだ。幼いころ、サミュエルが喜んでしていた遊びだった。

最後のベールをかきわけると、そこにははにかむような笑みをたたえた淑女が現れた。

「久しぶりね、かわいいサミュエル。待ち焦《こ》がれていました」

撫でるような優しい声。昔と少しも変わらない。むしろ若返ったような気すらする。

柔らかな栗色の髪、薄い灰色の瞳。レースと宝石で飾り立てた豪奢《ごうしゃ》なドレスに身を包んだ彼女は、三人も子を産んだにもかかわらず、まるで少女のようである。

王太后《おうたいごう》イザベラ。現在のベルトラム朝の王たちの母親だ。

「ご無沙汰《ぶさた》しておりました……母さま」

くらくらとする。頭痛がして、息が詰まる。

「まあ、またひどい顔色だわ。いらっしゃい。熱があるに違いありません。今日は特に寒さがこたえるのだもの……」

彼女はサミュエルの頬を撫で、寝台へと連れていこうとする。

「いいえ。心配には及びません。僕はすぐにおいとまします」

「サミュエル。寂《さび》しいことを言わないでちょうだい。母さまのところへ顔を出してくれるのはあなただけなの。アルバートもベアトリスも、薄情な子よ。めったにこの離宮に近寄ろうとはしない。特にベアトリスは母を置いてニカヤへ行ってしまった」

「母さま、申し訳ないですがこれから、そうそう母さまのために時間を割くことはできないでしょう。ニカヤへ行った姉さまにかわって、僕には役割が……」

「聞こえないわ。聞きたくない」

「母さま」

サミュエルがいらだつと、イザベラは歌うように声をあげた。

「無理よ」

イザベラは完璧《かんぺき》な笑みを浮かべた。慈愛に満ちた、彫像のような表情だ。

「あなたにベアトリスの代わりは無理。可愛いサミュエル、私はほっとしているの。産んだ子どもが全員王になるなんて、母としては身を切られる思いでした。子どもたちが争い合うところを見たい母親が、いったいどこにいるの？」

イルバス王国、ベルトラム王朝――。

この国の王のあり方は、他国に比べれば異質である。

王家の血統を継ぐ全員が王位を継承し、国を統治するというのだから。

姉妹で熾烈《しれつ》な争いを繰り広げたサミュエルの祖母、アデール女王はこう遺言した。ベルトラム王家の子どもたちは、共同して国を治めること。

きょうだいの人数が多ければ多いほど、国の統治は複雑化する——。

「あなたには優秀な王杖《おうじょう》候補のルーク・ベルニがいたわ。でも彼は亡くなりました。王杖という剣なしで、兄姉とどう渡り合うというの？」

「王杖は、戴冠式《たいかんしき》までに見つけるつもりです」

痛いところをつかれ、サミュエルは強い口調で言った。

王の側近は王杖と呼ばれ、国事の多くを王の代わりに執行することができる。イルバスでは公爵位《こうしやく》を得るものがそれにあたる。

頼り切りであった側近のルークを、サミュエルは自《みずか》らの手で殺してしまった。姉のベアトリスを殺《あや》めようとした彼を、とっさに斬り捨てたのだ。

自分さえしっかりしていれば、ルークとはもっと違う関係を築けたかもしれない。

そのことを、サミュエルはずっと後悔しているのである。

「サミュエル。母さまは寂しいのよ。王は母親をかえりみなくなる。アルバートとベアトリスがいい例です。母への愛よりも国への愛を取る。仕方がないわ、それが王という生き物よ。でも、あなたまで王になってしまえば……母さまは一生孤独なのよ」

イザベラはうっすらと涙を浮かべる。サミュエルはくちびるをかんだ。

「それにあなたは昔から、上のふたりに置いていかれてばかり。無理して王になっても、あなたが統括する西部地域の国民たちは歓迎しないわ。このままではアルバートとベアトリス、ふたりの嵐にあなたは呑まれてしまうでしょう」

「そんなことは……」

ないと言い切れるのか？　このままの僕で。

サミュエルはこぶしをにぎりしめる。

イザベラはなだめるようにサミュエルの髪を撫でた。

「サミュエル。王位継承権を放棄しなさい」

「母さま」

「あなたは優しくて思いやりがあるいい子よ。でもその美徳は、良い王朝を作ることにはつながらないの。あなたがしてきたことで、国民が喜んだことなどなにかあって？」

「僕はまだ戴冠していないのです。改革はこれから……」

「戴冠はあきらめなさい。それがあなたにとって、この王朝のためにできる——そして、母のためにできる、最良のことなのよ」

イザベラはうっとりと、サミュエルの頬にキスをした。

すべてが無に変わってゆく。このイルバスに降りそそぐ雪のように。
母の愛は、サミュエルからすべてを奪い取ってゆくのだ。

第一章

イルバス西部、アシュレイル伯爵領《はくしやくりよう》スターグ。

アシュレイル家の長女、エスメ・アシュレイルは美しい少女だった。

見つめる者に何かを問いかけるような意志の強さを表す瞳は、青みがかった灰色。イルバス人らしい白い肌。そしてなにより、光の川のような光沢《こうたく》を放つ、つややかな黒髪を持っていた。

この髪は彼女の双子の兄であるクリスが、薬草を使って丹念に手入れをしてくれているものである。

「おかしいな……なんでこんなに穴ぼこだらけに……」

しかし、彼女は兄自慢の髪を髪ひもで適当にひとつにしばり、古びたシャツに袖《そで》を通して地面にはいつくばっていた。

「昨晩までは、絶対ここにあったのに！　いったいどこに行っちゃったんだ」

「エスメお嬢さまー！」

エスメははっと顔をあげた。丘の向こうから、少年がこちらへ向かって大きく手を振ってかけてくる。

従僕のレギーである。まだ十一歳で好奇心旺盛、エスメにとっては弟のような存在だ。

「エスメお嬢さま‼　畑泥棒が出ましたー！」

「なんて言ったの⁉」

「畑泥棒です！」

それか。収穫物が消えたのは。

エスメは立ち上がった。春から丹精込めて育てていたイモが、一晩のうちにあとかたもなく消えるなんて、魔法でもないかぎり起こりはしないのだ。どうせ魔法のしわざだというのなら作物を消すのではなくて、食べきれないほどに増やしてくれたらありがたいのだが。

「あっちのほうにまだ犯人がいるんです。泥棒から、絶対にお嬢さまのイモを取り返します！　お嬢さま、護身用の立派なやつ持ってますよね⁉　僕に貸してください！」

エスメは、白樺の木の根元に置いていたレイピアと短剣を確かめ、手に取った。

「悪いけど、これはうちで最後に残されたお宝なんだから。そう簡単に貸したりできないよ。それにあなた、レイピアの使い方わかる？」

「なんとなくでやります！　お任せください！」

「振り回せばいいってもんじゃないんだけど……」

エスメが普段からたずさえているレイピアは、はるか昔、イルバスで護身や決闘に用いられた細身の剣である。柄《つか》にはアシュレイル家の紋章をかたどった装飾がほどこされており、どんなに生活が苦しくても、父はそれを売ってしまわなかった。揃《そろ》いの短剣と対《つい》になる、アシュレイル家で唯一と言ってもいいほどの、由緒《ゆいしょ》正しき品であった。

骨董品《こっとうひん》としては申し分ないのかもしれないが、実用的かと言われれば甚《はなは》だ疑問である。

王都の軍隊には銃が行き渡っているというのに、こんなものをぶら下げているなんて、都会の軍人に見られたら鼻で笑われそうである。

畑泥棒相手にしたって、はたして威嚇《いかく》にすらなるかどうか。

「なんとなくじゃ無理だよ。私だってクリスに使い方を教わって、ようやくなんとかってところなんだから」

兄のクリスが、護身用にと大切な家宝を持たせてくれたのだ。幸いなことに今までこのレイピアの出番はなかった。

「しかし、泥棒は相手にとって不足なし。僕の初陣《ういじん》を見届けてください！」

「危ないから私も行く」

レギーは、アシュレイル家の双子の兄妹に仕《つか》える、ひとりきりの従僕なのだ。賊にやられては大変である。給金をまともに払えないアシュレイル家に愛想を尽かし、多くの使用人たちは出ていってしまった。そのために、はじめはかまど掃除をしていただけのこのおちびが、類を見ない出世をしたというわけだ。七階級ほど特進したと言ってもさしつかえない。

しかし、どんな安い給金にも文句を言わず明るく前向きなレギーをエスメもクリスも気に入って、彼に読み書きや計算を教えたり、畑の収穫物をわけてやったりしたのだった。

「あっちのほうです！　お嬢さまが植えたやつ、全部やられちゃうかも！」

「それは困る。まだ育ちきってないのに」

エスメは身軽に柵をこえて近道を取る。レギーを追いかけ、丘をかけあがる彼女は、灰色の町を見下ろした。

貧しい。畑は痩《や》せ、家畜はいなくなり、ぼろぼろの洗濯物がはためいている。

自分も、ドレスを着なくなってどのくらい経《た》つのだろう。貴族の令嬢らしい生活など、ほとんど送れたためしがない。

生まれる場所が少し違ったら。せめてもう少し、ベアトリス陛下が治める北よりの貴族の家に生まれていたら。そんな想像をしたこともあった。けれど、自分よりひどい生活をしている領民を前にしたら、贅沢《ぜいたく》な生活を望むだけでもばちがあたりそうだ。

やることはひとつだ――。死にものぐるいで、この貧困から抜け出すほかない。

スタークは貧しい。スタークに限らず、このイルバス西部地域全体が、長いこと貧しかった。

子どもたちの行く末は決まっている。長男はろくな実りもない畑を継ぎ、次男は奉公に出る。奉公先がなければ、王都へ出て職を探す。職が見つからなくても帰ってくることは許されない。食い扶持《ぶち》が増えるのは、家族にとって文字通りの死活問題だった。

西の地に生まれた女は一生苦労する。子どもたち全員に教育を受けさせることができないので、学校へ行けるのは男だけだった。女の子は家事を手伝い、見ず知らずの男のもとへ嫁《とつ》ぐのを待つだけだ。アデール女王時代、すべての子どもたちは最低限の教育を受けることができていたが、そのうちに教育よりもその日の食事、少しでも収穫を増やすことが最優先となった。跡継ぎが学校へ行けば、残りの子どもたちは畑の手伝いにかりだされることになる。

伯爵令嬢であるエスメは、例外的に家庭教師がつけられた。女の身で教育を受けた以上、なにかで恩返ししたかった。

それがエスメにとっての農業――植物学だった。

植物学を専門で勉強できるほど、エスメの家は裕福ではなかった。伯爵と言っても名ばかり、父親は投機に失敗し、家計は火の車である。彼女はつてをたどって古い書籍を取り寄せ、それを熱心に読みあさり、有り余った土地で種や苗の交配をはじめた。だが日の目を見たことはない。学術書の理論どおりにやっても、スタークの土や天候のせいか、思うような結果につながらないことばかりだった。

　せめて食糧事情が安定すれば、状況が変わるはずなのに。

　男たちはこの土地に喜んで根付き、女たちは自由に人生を選択できるような一歩を、踏み出せるはずなのに。

　ようやく実りかけていた希望のジャガイモさえ、現在何者かによって奪われようとしているらしい。

　エスメたちが畑に顔を出すと、痩せた犬の親子がイモをあさっているところだった。

　エスメはほっと息をつく。

「泥棒って言うから、てっきり人かと……」

「立派な泥棒ですよ。僕が石を投げても平然としてるんだ」

　犬はうなり声をあげる。まだあどけない子犬が、おびえたように母犬の後ろに隠れている。

　畑に近づくと、犬はけたたましく吠《ほ》えたが、後ろ足ががくがくと震えていた。

　エスメはため息を漏《も》らした。

「放っておこう」

「でも」

「どうせあの犬は冬を越せない。今夜にも大雪になる」

荒らされた畑を見下ろし、残ったイモを犬に投げてやる。

「このままじゃ、スタークは終わりだ」

エスメはくちびるをかんだ。

打開策を見つけるほかない。今までにないやり方で。

「どうするつもりなんです。ご主人さまも、クリスさまも、お屋敷から出てこないのに……」

当主である父は現状を嘆《なげ》くあまり酒浸《さけびた》りとなり、兄のクリスは引きこもり。アシュレイル家は王宮で「緑の陣営」という派閥《はばつ》に属していたが、空気のような存在になりつつあった。

「おふたりに頼んで、宮廷に出仕していただきますか？　ご主人さまやクリスさまから、サミュエル殿下に、援助していただけるようお願いしてもらって……」

そんなことができるなら、とっくにこの現状から抜け出せているはずだ。

エスメは、飾りばかりとなっているレイピアを撫でた。

「誰か助けて、と祈るだけが女にできることじゃないはず」

女王ベアトリスが、王杖《おうじょう》ギャレットを引き連れてイルバスを離れるという知らせが届いた。

それに伴い、王宮の人事は大きく変わるはずである。

女の王が国を越えるのだ。

田舎者《いなかもの》のちっぽけな令嬢だって、変われるはずだ。

「レギー、ついてきて。まずはクリスを丸め込もう」

エスメは大きく息を吸った。空気まで貧しい土地にふさわしく、からからに乾ききっていた。

＊

「絶対無理だって、バレるよ」

想像通り、兄のクリスはおろおろと狼狽《ろうばい》するばかり。

散らかり放題の彼の部屋を、用心深く進む。雪崩《なだれ》を起こした本の山や、人体を模した気味の悪い蠟《ろう》人形を避けて、エスメは一歩、兄の方へ踏み出した。

「クリス、あなたが出仕できるなら、こんな相談はしない。これまでだって常にお酒くさいお父さまひとりで王宮に行くなんて心配だから、あなたが一緒に行ってって言ってたのに」

「だってしょうがないじゃないか、僕が一緒の方が父さんだって恥をかくに決まってる」

「そんなの行ってみないとわからないでしょ」

「初めての場所は緊張するんだ」

「この国のほとんどが、あなたにとって初めての場所じゃないの！」

クリスは声を震わせた。

「そ……そうだよ、僕には初めての場所ばかり、これからもずっとそうだ……だって……げっ」

げえ——っと、カエルが潰《つぶ》れたような音が響き渡った。

なんとも間の抜けた音に、その場がしんと静まりかえる。

「……レギー、毎度のことなんだから笑わないであげて」

「す、すみませんお嬢さま……」

レギーは肩をふるわせている。

クリスは、目に涙を浮かべて、カーテンを体にまきつけてしまった。

彼は、興奮したり緊張したりすると、げっぷが止まらなくなるのだ。

原因はわからない。幼い頃はいたって普通の男の子だったというのに、寄宿学校から戻ってきたときには、すっかり彼はこうなってしまっていたのである。クリスはこのげっぷのおかげで好きな女の子には笑われ、学校ではいじめられ、公《おおやけ》の場では大恥をかいてきた。しだいに彼は知らない人に会うことや外出することを恐れるようになった。どうしても必要に迫られたときは、そっくりの顔立ちをしたエスメが、クリスのふりをして入れ替わる……という荒技を使ってしのいでいたのである。

侍医である町医者にはこの問題を解決できず、王都から高名な精神科医を呼び寄せようとするもアシュレイル家の財力ではそれも叶《かな》わず、もっかのところ治療法が見つからないままでいる。

なんとか自力で治してみようと、医学書を読んだり教会に熱心に通ったり瞑想《めいそう》をしてみたり、クリスなりに努力はしてきた。だが独学では限界がある。妹の植物学と同じく結果は実を結ばなかった。

「僕には宮廷に行くなんて無理だよ。会議の間《ま》に入る前にげっぷを出しちゃうに決まってる。しんと静かな場所で、僕のげっぷが響き渡るんだ。サミュエル殿下から『耳障《みみざわ》りだから出ていけ』って言われるかもしれない。そうしたらアシュレイル家は、未来永劫《えいごう》、ずっと笑いものになるんだ。孫の代やひ孫の代やそのまた次の代まで――」

想像しただけで恐ろしくなったのか、クリスは二度目のげっぷを出した。

「だから、あなたに無理に外に出ろなんて言ってない。名前を貸してほしいだけ。いつも通りやれば大丈夫だよ。入れ替わるときはかつらをかぶってしまえばバレやしなかったし」

長い黒髪をかつらの中にしまいこんでしまえば、エスメはクリスとそっくりだった。ふたりとも、顔立ちは早くに亡くなった母親にうりふたつなのだ。

「か、かつらが風でスポンといっちまったらどうするんだよ！」

「そんなに心配なら髪を切るよ」

「髪!?　だめだ、髪は女の命だぞ！　断髪は断固反対だ！」

　クリスはあわてふためいている。

　亡くなった母は、こしとつやのあるきれいな髪が自慢だった。それをおぼえているクリスは、おしゃれに無頓着《むとんじやく》なエスメに代わり、本人以上に彼女の髪のお手入れに余念がなかったのである。

　高い美容品は購入できないので、代用になるような品を研究し、調合して――。エスメの髪はクリスの研究の集大成といってもよかった。

「僕の努力の結晶が！」

「もっと別のところで努力してよ」

「そ、それはそうだとは思うけど……髪を切ったってエスメは女の子だし、いつかはバレるに決まってるよ。今までは、町の小さな行事の代理とかだったから、どうにかなっただけだし……」

「私がそのままエスメ・アシュレイルとして行くわけにはいかないの。跡取りはあなたなんだから」

　慣習にのっとり、爵位は男が相続する。アシュレイル家ではエスメの双子の兄、クリスが次期当主だ。イルバスの王宮で、貴族たちの中でも出仕するのは当主と、役職を与えられた跡取りのみ。他の兄弟姉妹にはその資格がない。

──もっとも、女が政治に関《かか》わること自体がほぼないのだが。法律で禁じられているわけではないが、政治家は女の職業ではない、というのが一般的な認識なのである。爵位を相続した女性がいたとしても、その夫が代わりに出仕するのが常だった。

女王も戴《いただ》くイルバスだが、貴族や一般市民の中で発言力を持つ女性はいまだに現れていない。

酒浸りの父のお供という名目ならば、王宮に行くことだけはできるだろうが、娘の立場では意味がない。

「あなたの名前だけ貸して。どのみちクリスだって引きこもりのままじゃ肩身が狭いってさんざん言ってたじゃない。私がちゃんとクリスの名をあげてくるよ」

「そ、そうは言っても……心配だよ。バレたら大変なことになる。議会にはサミュエル殿下がいるんだぞ。王族に身分を偽《いつわ》るなんて……」

重たい懲罰《ちょうばつ》が待っているはずだ。それはエスメとて理解している。

「じゃあ、あなたがサミュエル殿下に言ってくれるの？　このままじゃスターグの民《たみ》は飢え死にしてしまう、どうにかして援助をお願いしますって」

「む、無理です……」

「出世して、アシュレイル家の名をあげて、もっと実入りのいい領地をもらうことは？」

「ぜ、絶対無理……」

「霞《かすみ》だけ食べていくわけにはいかないってわかってる⁉」

またもや、げえっという大きな音を出し、クリスはがくがくと震えている。

「ご、ごめんエスメ……女の子の君に、苦労ばかりかけて……本当に僕はだめな兄だよ……死んだ母さんにも、申し訳がたたないとは思ってる……でも……」

エスメはため息をついた。彼をこれ以上追い詰めても、話がややこしくなるばかりだ。

「――大丈夫。サミュエル殿下と接触するのは一度か二度だけなんだもの。あなたと殿下は面識はないし、きっとうまくいくはず」

「エスメ……」

「うまいことといったら、また入れ替わればいいじゃない。王宮にクリスの居場所ができていれば、緊張することなんてないんだし。そうしたらげっぷなんて出ない。私が居場所を作ってくる」

ふたりのやりとりに、レギーは嘆息《たんそく》する。

「ご主人さまはさすがにおふたりを見分けられるのではないですか？」

そっくりなふたりとはいえ、さすがに父親が見分けられないということはあるまい。

三人は同じ屋敷に住んでおり、毎日のように顔を合わせているのだから。

「そこであなたの出番よ。次の出仕の前の晩に、隠していたお酒をあけて父さまのテーブルの上に置いておいて。あれを飲んだら絶対に前後不覚になって、起き上がることもできないから」

　あまりに度数が高すぎて、危険だからとエスメが父親から取り上げた酒である。レギーと一緒に、屋敷の庭に埋めたのだった。

「そこまでするんですか、お嬢さま」

「並の覚悟じゃないわ。お家再興のため、スタークの民のため。それに……緑の陣営にはベンジャミン・ピアス先生がいらっしゃるもの」

　エスメはうっとりとした顔になった。

　クリスとレギーは、そんなエスメをうかがうように、顔をのぞきこんだ。

「……え？　ベン……なに先生？」

「ベンジャミン・ピアス先生よ。植物学の第一人者なの。さまざまな野外研究の成果をいくつも発表して……特にリルベク山間部における野生植物の研究書は、とてもすばらしかった！　あの厳しい雪山で自生できる植物を、自《みずか》らが凍りつきそうになりながらもスケッチされて……私のイモの交配が成功まであと一歩のところにこぎつけられたのも、あのレポートのおかげなんだから！」

「……へえ、すごいんだねえ」

「通りいっぺんの感想を言うのはやめて頂戴《ちょうだい》」

エスメがひとにらみすると、クリスは「ぐえっ」と間抜けな音を出した。

「サミュエル殿下に援助を乞《こ》うのが最大の目的ではあるけれど、ピアス先生にご助言をいただけたら……スタークで栽培できる野菜や穀物の種類を増やすのも夢じゃないかもしれない」

エスメが初めてベンジャミンの世界に触れたのは、屋敷の大掃除がきっかけであった。

数少ない母の遺品のなかに、それはあったのだ。

ベンジャミンの手記が、いっとう立派な手紙箱の中に残されていたのである。

乱暴に書きなぐられたような筆致《ひっち》だったが、エスメが追い求めてきた知識がたしかにそこに詰まっていた。手記の日付からのちに確認したところ、ベンジャミンがまだ二十代前半の頃に書かれたものだろうと推測できた。

大掃除など、すぐに意識の外に追いやってしまった。夢中でそれを読み漁《あさ》り、最後のページをめくり終えたとき、エスメの興奮は最高潮に達していた。

この人なら、私のちっぽけな悩みやつまずきを、たちどころに解決できるのではないか。

そう確信したエスメは、ベンジャミンが書いた最新の論文の写しを、どうにか苦心して手に入れたのである。

ベンジャミン・ピアスはベアトリス女王率いる赤の陣営の一員だが、現在はサミュエル王子のそばで彼の指南役《しなんやく》を務めている。赤の陣営と緑の陣営の橋渡しをする役割をになっているのだ。

ベンジャミンがベアトリスについてニカヤへ渡らなかったのは、エスメにとって幸運だった。

緑の陣営の議会に顔を出すことができれば、彼と話をする機会にも恵まれるはずである。

「最悪、援助を断られたとしても、ピアス先生から種イモの交配についてアドバイスをいただけたら、得るものは大きいはず。なんとかうまいこと、スタージの土地に興味を持ってもらえたならね」

熱く語るエスメに、クリスとレギーは目を見合わせる。

「お嬢さま、本当のお目当てはベンジャミン・ピアス先生ということでよろしいんですか？」

「ち……違うってば。あくまで私はスタージのために……」

エスメは口ごもった。

まあ……この入れ替わりの案を思いついたときに、まっさきに頭をかすめたのは、ベンジャミンのことなのだが。

クリスはうなずいた。

「本当は僕が頑張らなきゃいけないところを、エスメが代わりにやってくれると言うんだ。

どんな理由だって、協力しないわけにはいかないよ……ただ、髪を切るのだけは本当にやめてくれ。そんなことになったら僕は一生げっぷが止まらなくなって、食事も喉《のど》を通らなくなって死ぬに決まってるからね」

「う、うん、わかった……」

「げっぷしながらでも器用に物を飲み込む方法を編み出したらどうですか?」

「レギー、あなたは黙ってて」

「本当に、無理だけはしちゃいけないよ。この兄に約束してくれ」

うるんだ瞳で妹を見つめるクリスは、まるで女の子のようである。

自分とクリスが、せめて性別が逆だったなら……。エスメはそう思わずにはいられない。伯爵令嬢が一歩も外に出なくたって、跡取り息子が引きこもりになるほどの影響はないはずだ。髪だってほったらかしでも良さそうだし。

「私はまず何をすればいい?」

「次の緑の陣営の議会は二週間後だ。エスメ、それまでに僕たちは入れ替わりの準備をしておかないといけない。僕の服を急いで直して、君ぴったりにあつらえよう。さすがに体格までは同じというわけにはいかないからね。それから、議会に出席する人物の人間関係を整理しておこう。次の議題は西部地域の食糧自給についてだ。エスメの好きそうな話題だから大丈夫だとは思うけれど、他の議題に変わったときもついていけるようにしないと

「……」

クリスは書籍の山を崩し、しわしわになった書類を取り出した。

「あなたはついていけるの、この議題に？」

手渡された書類をめくる。この書類、開かれた形跡がいっさい見当たらないのだが。

「う、うん……しゃべらなければね」

エスメとレギーは、深くため息をついた。

＊

身を清めても、まとわりつくような甘い匂《にお》いが消えない。

肩で揺れる金髪をリボンで結い上げ、クラヴァットを宝石つきのピンで留《と》め、エメラルドの飾りの付いたジャケットを羽織る。

きらびやかな出立《いでた》ちに似合わず、サミュエルの機嫌はすこぶる悪かった。

彼のペットである大型犬のアンは、主人の不機嫌を察してか、ちらちらと彼を見上げながら遠慮がちについてくる。

靴音を鳴らして歩く彼に、衛兵があわてふためいて扉を開ける。サミュエルは床を蹴飛ばすようにして、書斎に入った。

「おお、サミュエル殿下。ご機嫌ななめのようで」

ベンジャミンが、学術書をめくりながら、優雅に紅茶のカップをかたむけている。

サミュエルの書斎に自由に出入りをゆるしているのは、現在はこのピアス子爵《ししゃく》のみである。姉が残していったこの学者は、王杖《おうじょう》候補のルークを失ってからというもの、サミュエルの役に立ってきた。姉から引き継いだ缶詰工場の生産体制が軌道にのるまで、技術面だけでなく運営にかんしても的確な助言をしてくれた。

ベンジャミンは我が物顔でサミュエルの蔵書を読みあさり、なにかを書き取っている。

「ピアス。折り入って頼みがある」

「なんでしょう」

「僕の王杖になってくれ」

固唾《かたず》を呑んで反応を待ったが、ベンジャミンは紙面から視線をあげることもなく、言い放った。

「無理ですね、私はベアトリス陛下にお仕えする身だ」

サミュエルはみるみる頬を紅潮させた。

「僕じゃ不服だというのか？」

「サミュエル殿下は、ベアトリス陛下におっしゃったそうですね。自分の王杖を見つけてみせると。ぜひそうなさってください。私はベアトリス陛下に見いだされた。そしてサミュエル殿下のご成長を見守るためにここに残ったのですよ」

　ベンジャミンは、そう言って手にした本を閉じた。

「それに私と殿下ではあまりにも年齢が離れている。あと二十年もしたら、私は老いぼれの王杖になってしまう。殿下に介護をさせるわけにはまいりません。『おお、サミュエル殿下。そこの資料をとっていただけませんかね。その北方植物の分布限界というやつです……』」

　わざと年寄りぶった声音で書棚を指さされる。サミュエルは頬をふくらませ、本を抜き取り投げつけてやった。

　ベンジャミンはすでに四十を過ぎている。十七歳のサミュエルからしたら、父親くらいの年齢である。

「物は大事になさらないと。よっこらせっと」

「年寄りぶるのはやめろ。極寒のリルベクの山間部で現地調査できるほど体力があるくせに」

「いきなりどうしたのです。手近なところで王杖を見つけてしまおうとするなんて。王杖は陛下の治世を象徴づける大事な役割を担《にな》う者だ。私には荷が重いですよ。家柄だって大したものじゃない」

「……時間がないんだ」

サミュエルはソファにどかりと腰をおろした。

アンが足元でふせをしたので、背中をひと撫でしてやる。ふわふわの白い毛並みをすきながら、サミュエルはぽつりとつぶやく。

「来年には僕の戴冠式《たいかんしき》だ。それまでに王杖を決めてしまわないと」

「姉君は王杖なしで戴冠した」

「姉さまと、僕じゃ全然違う‼」

「……同じ姉弟なのに？」

ベンジャミンは、目を細めてサミュエルの顔をのぞきこんだ。

「なにを急ぐことがある、サミュエル殿下。あなたはまだ若い。王杖たる人物と出会えていないだけだ」

「一生出会えなかったらどうするんだ」

「まあ、若いんだから大丈夫ですよ」

「年寄りはすぐ『若いから大丈夫』なんて無責任なことを言うよな」

ベンジャミンは鷹揚《おうよう》に笑っていたが、次の一言を告げる際には笑みを消した。

「王太后《おうたいごう》さまのことを気にされておいでか」

「……そうだ」

サミュエルの母――イザベラ王太后は言った。サミュエルに継承権を放棄するようにと。

共同統治から抜け、母の庇護《ひご》下に入るように――それがサミュエルがイルバスのためにできる最良のことなのだと。

以前からもそのような要求はあった。そのたびに、サミュエルはかたくなに母の干渉《かんしょう》をはねつけてきた。あのときは優秀な王杖候補のルークもいたし、緑の陣営も今より統制がとれていた。

しかし、ルークが亡くなり、ベアトリスが多くの仕事をきょうだいに引き継いだことで、足並みが乱れてきたのである。

その点、兄のアルバート率いる青の陣営は盤石《ばんじゃく》だった。王杖のウィルは軍事のトップを司《つかさど》り、信頼もできる。また、きょうだいの中で最も早く王になったアルバートは、為政者としての経験も違う。もとより「王はひとりで十分だ」と言って憚《はばか》らないだけあり、軍事だけでなく政治にも強い部下を揃《そろ》えている――もとい、他の陣営に押さえられる前に、囲い込んでしまったと言ってもいい。早くに王になったものは、優秀な人材を確保するにもそれだけ有利である。

だがサミュエルの部下は、ルークがいなくなったのちに次々と抜けていってしまった。もとよりアルバートの部下は武官、サミュエルの部下は文官、とその特色で棲《す》み分けをしているようなものなので、文官としての質でも青の陣営に水を開けられつつある今、緑の陣営をもり立てようという気概に燃えている部下はほとんどいなかった。親の代から惰性《だせい》でサミュエルについてきているような者ばかりだ。

今までは彼らをルークがまとめ、サミュエルに従って動くよう先導していたからこそ、陣営がしっかりとまとまっていたのである。

それに、気がかりなこともある。議会に出席する顔ぶれが、よく変わることだ。以前のサミュエルは、姉ベアトリスと北部地域リルベクを手に入れることにやっきになっていて、西部地域のほとんどを古くからの側近や王杖候補のルークに任せっぱなしにしていた。この違和感に気がついたのは、ルークを失ったごく最近のことである。

どうやらルークが亡くなったことを理由に、母が口添えして人事を動かしたらしいが――。

ベンジャミンに頼んで、彼らの経歴をよく調べることにした。あきらかに出自が怪《あや》しいものがまぎれているわけではないだろうが、ごますりだけは達者で、中身のない人間が増えた。とても王杖には選べない。

たったひとりでいい。サミュエルの陣営を立て直してくれるような優秀な側近が、早急に必要なのである。

「王杖候補がいれば、母さまも僕の戴冠に納得してくれると思ったんだ」

母は、サミュエルを手元に置きたがっている。それはサミュエルがあまりにも弱く、稚《ち》拙《せつ》で、至らない王子だから。

認めたくはないが、アルバートやベアトリスと比べられれば、自信が持てないままでいる。

「僕は兄さまと違って軍事を握っているわけでもないから、いざというときに国を守れない。姉さまと違って国内外の橋渡しができるわけでもない。全部が中途半端だ。おまけに統治するのは西ときている。イルバスで一番貧しい土地だ」

兄と姉は戴冠する前から結果を残してきた。武功を立て、産業を発展させ、それによって民からの支持を得てきた。

しかし、戴冠を目前に控えたサミュエルには、目立った功績はなにもないのだ。

姉を己《おのれ》の臣下と結婚させ、工業都市リルベクを手に入れるという計画も頓挫《とんざ》してしまった。

サミュエルの将来には、暗雲がたちこめているのである。

「貧しい土地のままにするかは、あなた次第なのでは？　それはベアトリス陛下から教わったはずだ」

パイプをくゆらせ、ベンジャミンは煙を吐き出した。

「結果はすぐにはついてこない。あなたはまだ発展途上なのです。一歩一歩、着実に踏み出してゆくほかない。アルバート陛下もベアトリス陛下も、そうして実績を積み重ねてきたのだから」

「母さまは、そんなの納得しない……」

「王になるのに王太后さまの許可がいるのか?」

「お前にはわからない」

サミュエルは吐き捨てるように言った。ベンジャミンは困ったように眉を寄せてから、のんびりと言った。

「まあ、焦《あせ》らず探すことです。王杖とは一生の付き合いになる場合がほとんどなのですから。サミュエル殿下にとってぴったりの人物が必ずいるはずだ。ベアトリス陛下がギャレットを見いだしたように」

「僕は……兄さまよりも、姉さまよりも、出来のいい王杖を見つけてみせる。愛されて、祝福されて、王冠をかぶるんだ。絶対に……」

サミュエルはそう言うと、ソファに横になった。

よほどイザベラとの接見がこたえたのか、サミュエルは疲れ切っていた。

うつらうつらとしている彼に、ベンジャミンが膝掛《ひざが》けをかける。

「若いんですから、諦《あきら》めなきゃ、なんとかなるもんですよ」

「無責任野郎だ……」

「年寄りだからね」

根に持ってるな、とサミュエルは思ったが、睡魔が勝った。そのまま寝息をたてはじめた彼の背中を、ベンジャミンは優しく叩いた。

「ご成長あそばしたが、まだまだまだあどけない。これは王太后さまが放っておかない」

ベンジャミンは眉を寄せた。

緑の国王が誕生するまでには、大きな障害がたちはだかっていた。

＊

馬車に揺られ、エスメは緊張した面持ちで、遠くにそびえるイルバス王宮を見つめていた。

とうとう、やってきてしまった。

窓ガラスに自らを映し、かつらがずれていないかを念入りに確認する。

（父さまは計画通り、うまく寝付いてくれた……）

まる一日は起き上がれないに違いない。どんな酒豪もたちまち膝がふるえてくると評判の酒をたっぷりと飲んだ父は、息子に出仕の代理を頼んだ。

どうせ王子のご機嫌伺《うかが》いだ、議会で発言する必要などない。げっぷが出そうになったら少しの間息を止めて我慢しておいてくれ……と。

今頃クリスは、エスメの代わりに畑をぶらついてくれているはず。

後のフォローはレギーに任せ、エスメはひとり王宮に乗り込むことにしたのである。

まずはサミュエル殿下になんとか、数分だけでもいい。お目通り願う時間をいただいて、支援を乞わなくては。わざわざ面会の時間を設けてもらう必要はない、歩きながらでも構わない。スタークの土地がどんなに貧しくて、領地経営がどんなに苦しくて、ひもじい民がどんなに救いを求めているかを訴えて……。

（できるの？　私に……）

今更ながら、胃のあたりがしくしくと痛んできた。

もし兄のふりをしていることがバレたら。

（身分を偽って、王宮の中に入るのは……いくら私が伯爵家の人間とはいえ、大罪だ）

それにサミュエル王子と話す時間を得られない可能性もある。議会には緑の陣営に属する多くの貴族たちが集まってくる。そのひとりひとりと、サミュエルが話す機会を設けているとはとうてい考えられない。側近が極端に少ないベアトリス女王ならまだしも、青の陣営と緑の陣営は大所帯なのだ。

気がかりはもうひとつある。

サミュエルの人柄に関してだ。

彼はとても気難しくて、わがままで、政治にかんしても、王太后の言いなりだとか。以前はベルニ伯爵家の御曹司《おんぞうし》にべったりだったっていう噂《うわさ》だし……。

サミュエル王子の施政方針や人柄については、イルバス西部地域に住まうすべての民にとって大きな関心事のひとつであった。

ところが、伝わってくる噂はあまり良くないものばかり。アルバート国王とは不仲であり、中間子であるベアトリス女王を取り合っているとか、西を「はずれの土地」と言って憚らないとか、わがままで贅沢好きで、きょうだいの誰よりも衣装代がかさんでいるとか……。

（いや、弱気になってどうする）

援助を取りつけて、民を守らなくては。それが没落しているとはいえ、貴族に生まれた者の使命だ。民の命は自分の双肩にかかっているのである。

エスメは自らをふるいたたせた。

馬車が停車し、彼女はゆっくりと降り立った。目の前にそびえるのはこの雪国と長らく共にあったイルバス王宮。

ベルトラム王朝のはじまりに築かれたというこの城は、革命や王政復古を経験し、歴史のうつりかわりを見届けてきた。度重なる修繕をかさね、いまもなおベルトラムの象徴として王都の中心にそびえている。緑の陣営の召集があるとあって、門前にはすでに多くの貴族たちの姿があった。にわかに緊張してきたエスメだが、深く息を吸い込んだ。

「珍しい。お前、クリス・アシュレイルか？」

突然声をかけられて、エスメは立ち止まった。

今日は、目当ての人物以外との接触はできるだけ避けたかったのだが――。

(だ……誰。たしかクリスの寄宿学校時代の同級生も緑の陣営にいるって言ってたっけ……)

広い肩幅の、岩のようにごつごつとした男だった。イルバス人の特徴である、頑健さの象徴たるような青年である。

「卒業式以来だな。少し見ない間に縮んだんじゃないか?」

彼は下卑《げび》た笑みを浮かべ、エスメの肩に腕をまわそうとしてくる。彼女はそれをさりげなく避けた。

「なんだ、つれないな。久々の再会だというのに」

声がひっくり返りそうになりながら、エスメはどうにかして答える。

「悪いけど、急いでるんだ」

「向かう場所は同じだと思うぞ。寄宿学校からの仲だろ? そうかそうか、お前もとうとう家督《かとく》を継いだんだな、げっぷちゃん」

エスメは眉をひそめた。

げっぷちゃん。それがクリスのあだ名らしい。我が兄ながら同情する。

エスメは、クリスから教わった人間関係の相関図を、脳内で必死に探った。

彼女が腰に下げたレイピアを見るなり、男は噴き出した。

「ずいぶん立派な骨董品だな。お前ら見ろよ、歴史的資料が見られるぞ。スタッグみたいな貧乏くさい田舎じゃそれも立派な武器なんだろう」

そばにいた男たちがエスメを取り囲む。レイピアに触れようとしたので、エスメは武器をかばうようにして一歩下がった。

——思い出した。

フレデリック・モリス。寄宿学校時代の、クリスの同級生である。同じ西部地域の伯爵家だが、彼の領地は王都の端と隣接している関係で比較的恵まれている。そのため貧乏伯爵家のアシュレイル家をこばかにしているのだと……。

クリスは彼をことのほか苦手にしていたのである。

「ほら、いつもの汚い音出してみろよ、げっぷちゃん」

「悪いけど、君みたいな奴の相手をしているほど暇《ひま》じゃないから」

「逃げるのか？　げっぷちゃんのくせに気取りやがって。その腰の得物《えもの》は飾りかよ」

フレデリックは足をあげ、エスメの背中を蹴り飛ばした。エスメははじめ、なにが起こったかわからなかった。地面に倒れ伏したとき、初めて暴力をふるわれたことを知った。

（これが王宮に出仕するような大人のすること？　まるで学生の延長じゃないの）

すりむいた手のひらがずきずきと痛む。

クリスが出仕をしぶる理由のひとつが、これではっきりしたというわけだ。いじめを受けていたことなど、恥ずかしくて妹には話せなかったのだろう。

エスメは深く息を吸った。

(クリスの居場所を作るって、約束したものね……。ここはぎゃふんと言わせてやる)

腰に佩《は》いていたレイピアを抜く。

身内からすれば情けない兄といえど、赤の他人にばかにされるのは許せない。

「骨董品かどうか、試してみるか?」

灰色の瞳で、フレデリックをねめつける。使い方は、兄から教わっている。自分の身を守る程度だが、この得物を扱うことはできる。右手にレイピア、左手には短剣を握りしめ、迎え撃つ構えをとった。

強気のエスメに、フレデリックは狼狽した。

「なんだお前、急に……」

「学生時代はさんざん世話になったな。今ここでお互いの上下関係をはっきりさせようじゃないか」

実際に世話になったかどうかは知らないが、クリスは日常的に暴力をふるわれていたに違いない。

以前のクリスとは打って変わっての強気な態度だったのだろう。フレデリックは逆上する。

「上下関係だ？　そんなもの、とうの昔から絶対的にはっきりしてる。俺が上、お前は底辺だ」

「なんだ、決闘か」

「レイピアだぞ。昔ながらの決闘だ」

「あっちで決闘やってるらしいぞ」

人だかりができ、緊張感が走る。フレデリックは引くに引けなくなったのか、腰に下げていた剣を引き抜いた。

「俺が銃を持っていなかったことを感謝するんだな」

先手必勝だ。体重が軽い分、剣を受ければ押し負ける。エスメが地面を蹴ろうとしたそのとき――。

「王宮内での私闘は禁じられている」

彼女はマントをつかまれ、たたらを踏んだ。

「はい散った散った。みなで遅刻してサミュエル殿下の不興を買いたいですか？」

男の一声で、魔法のように人波が引いてゆく。

議会はまもなく始まる。サミュエルより後に会議の間に入るわけにはいかない。

決闘騒ぎをかたずを呑んで見守っていた群衆は、小走りで王宮の中へ吸い込まれてゆく。

「申し訳ありませんでした、ピアス子爵」

くやしそうに言うフレデリックに、エスメは思わず背後を振り返った。

この人が……ベンジャミン・ピアス先生……！

思慮深そうな優しげな瞳。紅薔薇《べにばら》をかたどったガラスのブローチを、ジャケットに留めている。この緑の陣営で「赤」を身につけるのは、ベアトリス女王に仕える彼のほかにはいない。

論文はいくつも目にしていたが、まさかこんなに早く本人に会えるとは。

「若者は血気盛んで困るね」

エスメのマントを放すと、彼は困ったように笑って言った。

「見ない顔だね。ここは闘技場ではない、わかっているとは思うが」

「す、すみません。つい彼と口げんかとなり……」

そう言いながらエスメはけんかの相手であるフレデリックの顔を盗み見ようとしたのだが、見当たらない。大きな図体に似合わず逃げ足は速いようだ。

心の中で悪態をついたが、エスメははっとした。

（もしかして、畑づくりの知恵を授けていただいたり、サミュエル殿下へのお取り次ぎを頼めるまたとない機会では……！）

エスメは希望に満ちたまなざしでベンジャミンを見つめた。

ベンジャミンは、そんなエスメの顔をまじまじとのぞきこんだ。

「ふむ」

「あ、あの……ピアス先生に、折り入ってお願いが……」

「先生？」

「論文を拝見しました。私の領地、スタッグでも育てられる野菜を、先生の論文をもとに研究しているんです。ぜひご助言を賜《たまわ》りたく、あの……それからできましたらサミュエル殿下にも、お話ししたいことが」

「先生と呼ばれるとは光栄だ。しかし、サミュエル殿下が誰とお話しするかは、サミュエル殿下がお決めになること」

ベンジャミンはにこやかにほほえんだ。

穏やかなもの言いだが、断られているのである。

「君、名前は？」

「エ……クリス・アシュレイルです」

ベンジャミンは笑みをたたえたまま続けた。

「帰りなさい。あなたのことは黙っていてあげますから」

「えっ」

「女性が遊びに来るところではない」

エスメは言葉を失った。どこからどう見ても、完璧に兄と入れ替われているはずだ。鏡で何度も確認したのに。

「私は人でも植物でも、観察が得意だ。あなたの骨格は男のものではない。無理して低い声を出してもすぐにわかる」

ベンジャミンは諭《さと》すように言った。

「あなたは騒ぎを起こして注目のまとになっている。大事《おおごと》になる前に帰りなさい」

兄の同級生のフレデリックですら、気がついていなかったのに。この少しのやりとりで、正体が見破られてしまうとは……。さすがはベアトリス女王が見いだした側近のひとりにして、彼女の王杖、ギャレット・ピアスの後見人である。

（感心している場合じゃない）

遠路はるばるやってきて、騒ぎを起こしたあげく、女だとバレてしまったので何もできませんでした、では済まない。エスメがやったことといえば、いけすかないフレデリックと決闘騒ぎを起こして無駄に注目を集めただけなのだ。

このままおめおめと領地には帰れない。

エスメはよそゆきの笑みを浮かべた。

「なんのことだかさっぱりです。私は正真正銘の男ですよ」

「しらばっくれるのか、驚きの胆力だな」

ベンジャミンは感心したように言う。

「私は昔から女顔と言われるんです。亡くなった母親とうりふたつなもので」

「女顔のクリス君とやら、残念ではあるが遊びで議会をうろちょろとされては迷惑だ。サミュエル殿下は今は大事な時期、正体を隠した怪しげな素姓《すじよう》のものを近づけるわけにはいかないのでね」

しめだしをくらう前に、エスメは懐《ふところ》からグリーンの封筒を取り出した。

「議会の……召集の手紙は持っています。男か女か怪しいかもしれないけれど、素姓は怪しくない。このレイピアは、我がアシュレイル家に代々伝わる品。我が家の印章が刻まれています」

彼女は、深く息を吸った。

「――遊びじゃない。本気なんです」

女が来るところじゃない……わかってる。王族以外で堂々と議会に出席できる女なんて、このイルバスには存在しないということを。女には声をあげる場所すらない。むなしく台所で男たちの愚痴を言うだけ……。

嘆くだけじゃなにも変わらないから、こうして女を捨ててきたのに。

ベンジャミンはしばし口をつぐんでいたが、愉快そうに言った。

「どうしても帰らないと言うのだね」

「来た意味がないですから」

「なにか事情があるようだ」

「多分に」

ベンジャミンはエスメを上から下までながめると、嘆息した。

「まあ良いでしょう。悪意はなさそうだ」

「本当ですか⁉」

「実は亡くなった君のお母さまとは面識がある。たしか、男女のふたごを産んでいたと思い出してね。おどかしはしたが、君が女だろうと思ったのはそれゆえだ」

「え」

「若い頃、放浪の旅の途中でアシュレイル家に世話になったことがあるのだ。母君とはまるでうりふたつだな。その青みがかった灰色の瞳、とても印象深かった」

エスメにとって初耳ではあったが、思えばベンジャミンの存在を知ったのも家に残されていた古い手記を目にしたことがきっかけである。若かりしベンジャミンが残した資料――もし彼の現地調査に、当時のアシュレイル家が協力していたのだとしたら、なんら不自然なことではない。

母はきっと、スターグの民のため、彼らの将来のためにベンジャミンの活動を支援していたのだろう。

（お母さま……知らなかったとはいえ、なんとうらやましい）

そのときに彼をもてなしたのが、もし自分であったなら。

「ピアス先生……！　私があと二十年早く生まれていれば……！」

「？　早く会議の間へ行きなさい、サミュエル殿下は遅刻を嫌う」

それから、とベンジャミンは付け加えた。

「サミュエル殿下に私から取り次ぎはしない。機会がほしいなら自分の手でつかみ取ることだ」

ベンジャミンは、きちんと公私の線引きをすることにしたようだった。昔なじみの女性の娘だからといって、王子との面会までお膳立てするつもりはないらしい。

「はい……」

「私に聞きたいことがあるなら、それはお答えしよう。議会が始まる、クリス。その後で」

エスメはぱっと表情を明るくした。

「い、いいんですか」

「そうたずねられたら『よくない』と答えるほかない」

「い、いいえ。参ります。お供させてください、ピアス先生」

「先生と呼ばれるのは落ち着かないんだが……」

「私にとっては、偉大な植物学の恩師なのです」

「こんな厄介《やっかい》そうな教え子は持った覚えがないんだがね」

エスメはすりむいた手のひらをマントにこすりつけ、ベンジャミンに続いた。

＊

アルバートは、届けられた手紙をながめると、それを丸めて自身の王杖、ウィルに投げつけた。

「くだらんな」

「陛下。俺はくず入れではないのですが」

「いいから捨てろ」

ウィルはやれやれといった具合に、足元におちた紙くずを拾い上げた。

「こういった日常の動作をサボられると、あっという間に太っていきますよ」

「黙って捨てろクソが」

使用人があわててくず入れを持ってウィルのそばにやってくる。彼はわざと大仰《おおぎょう》な動作でもって、丸められた手紙を投げ入れてみせた。

青の陣営、アルバートが住まう居城である。

妹のベアトリスがニカヤへ旅立ってからというもの、アルバートは張り合いがなくなってしまった。

ニカヤとカスティアの戦《いくさ》もいち段落し、しばしは軍の出番はないだろう。平和なのはいいが、いかんせん退屈である。

脅威《きょうい》は、今年の冬の厳しさだけだ。昨年は比較的雪も少なく、すぐに春がおとずれた。たいていこういう年の翌年は、前年の分を補うかのごとく大雪が猛威をふるうものだ。

「王太后さまからの手紙でしょう。機密事項が書いてあるのでは？　念のため暖炉で焼きますか？」

「別に、重要なことはなにも書かれていない。ただの行き過ぎた息子愛だ」

「陛下みたいな息子でも可愛いんですね」

「いつもいつも一言多いんだよお前は」

アルバートは舌打ちをする。

母イザベラの関心は、末の弟サミュエルに集中している。

「またサミュエルに王位継承権を放棄させよとのことだ。俺からも圧力をかけろと」

「陛下にとっては好都合なのでは？　アルバート陛下とサミュエル殿下は以前からそりが合わないではないですか」

「母上とは、もっとそりが合わん。言うことをきくのもしゃくだから捨てておけ。どうせトリスにも同じ手紙を送っているだろう。トリスは無視するさ」

王のもう一方が取り合わないなら、くだらないことを議題にあげるのも時間の無駄である。

「王太后さまは、サミュエル殿下が可愛くはないのでしょうか」

イザベラは、何度もサミュエルから王冠を奪いとろうとしている。

ウィルの疑問はもっともである。

「逆だ。目の中に入れても痛くないほど可愛いから、俺やトリスにいたぶられるのが我慢ならないんだよ」

「しかし、アルバート陛下もベアトリス陛下も、王太后さまのお子ではないですか」

「親子とて相性がある」

アルバートは母と相性が悪い。ベアトリスもおそらく同じだ。産んでもらった恩はあるが、母より国を愛している。

この世に産み落とされた時点で、母親との結びつきよりも、イルバスという国との結びつきが強くなる。王家に生まれるというのはそういうことだ。

「サミュエル殿下は別だと？」

「同じ親から生まれた兄弟だが、俺とサミュエルでは成長する過程がまったく異なっている。俺は物心つく前にはすでに親元から離され城を与えられていたし、体も丈夫で戦も好きだった。母の離宮《りきゅう》で女官たちに囲まれて育ったサミュエルは、戦に出た経験もないし、自身の手でまともに領地の経営を行ったこともない。あいつがやっていることは、母と母の息のかかった家臣たちによるままごとだ。同じ兄弟でも母に対する感情はまったく別ものだろう」

イザベラも、それがよくわかっているはずだ。

だからこそサミュエルから王冠を取り上げようとするのだ。

「しかし、甚《はなは》だ疑問だな。息子からすべてを奪うことが、母の愛か？」

「アルバート陛下」

「まあ、どうだっていいことだ。もともと王はひとりいれば十分。サミュエルが母上の手のひらの上で踊らされようが朽《く》ち果てようが知ったことではない。この国の国土はすべて俺が統治してやるさ」

アルバートは立ち上がった。

「よこせ。お前の提案通り、胸くそ悪い手紙は灰にしてやる」

くず入れから手紙をつかみとると、アルバートはそれを暖炉に投げ入れた。

「冬を乗り越えられぬ者に、イルバスの王は務まらない」

イザベラのサインの入った便せんは、醜くひしゃげて灰となる。

己をも燃やし尽くすような激情がなければ、イルバスの雪は溶かせないのだ。

＊

「今年は大寒波が予想される。各地の対策を報告せよ」

サミュエルはけだるく言った。椅子に腰掛け、テーブルに肘《ひじ》をつきながら臣下たちの言葉に耳をかたむけている。

端整な顔の中でもひときわ目を引くのは、苔《こけ》のようにまだらな不思議な色合いの緑の瞳。肩まで伸びた金色の髪をリボンでまとめ、深い緑の上着にはペリドットのボタン。きらびやかなベルトラムの人形――。

（噂通りの王子さまだ……）

エスメはじっと、サミュエルのことを見つめた。彼はこちらの視線に気づきもせず、ただ資料をめくっている。王杖候補のいなくなったサミュエルのかたわらには、姉ベアトリスから借りている指南役、ベンジャミンが座っている。

「サクサム地方は、おかげさまで缶詰事業が軌道に乗っております。ベアトリス女王から受け継いだ魚と肉の缶詰工場のおかげで、冬期の備蓄は例年よりも万全です。夏季に採《と》れた野菜を塩漬けにし、果物はジャムに加工しております。心配なのは薪《まき》や油が不足することです」

照明用の油は、獣脂《じゅうし》や植物の種から採れるものを使用している。冬になるとそういったものは食糧の足しに回されるため、どうしても不足してしまうのだ。

裕福な貴族たちは高価な蠟燭《ろうそく》を使っていたが、庶民の暮らしに身近なのはもっぱら油を使った置き型照明であった。アシュレイル家も蠟燭を買う金を節約するために、お客さまを呼ばない日は松明《たいまつ》で過ごしている。

「暗闇では犯罪が横行します。また野生動物は、火の明るさをおそれて遠ざかってくれることもある。身を守るために明かりは必要です」

イルバスの冬はめったに晴れることはなく、常に空は薄曇りである。昼でも驚くほどにあたりが暗くなることもある。薪や山菜を採り、家路をめざす者たちは、明るい家の灯火に救われる想いであった。

「北部地域では、もっと優れた照明を使っているのだがね」

ベンジャミンはぽつりと言う。北部地域を統括するベアトリス女王の得意分野は工業だ。今は主要都市のひとつとなっているリルベクはもともとうら寂《さび》しい寒村で、山の上には「廃墟の塔」と呼ばれる、罪人を収監する塔がぽつりと建っていた。村人たちはこの塔の監視役として国からの援助を受け、ほそぼそと生活していたのである。

サミュエルたちの祖母、賢王アデールは革命の際にこの塔に幽閉《ゆうへい》され、不遇の少女時代を送った。

アデールが女王となってからは、リルベクを知り尽くした彼女の作戦により、この土地で戦争に勝利した。その後、アデールの肝《きも》いりにより工場が建ち、ベアトリスがリルベクを継いでからはイルバス一の工業都市として発展を遂げた。リルベクの住民たちのため、ベアトリスはさまざまな発明をし、それを商品化し、各所に配置したのだ。

「姉さまが使っている照明とは？」

「石炭ガスを利用したものだ。ただあまりにも費用がかかるために、リルベクすべてに配置することは困難だった。これはまだまだ研究の余地ありに留まっている。優れた技術者が見つかればまた別だがね」

「西でそんなものを使えるわけがない」

サミュエルは嘆息した。

ベンジャミンは提案する。

「ニカヤでは、鯨《くじら》の油を照明に使っているとか。ベアトリス陛下に援助を願い出てはどうです？」

「鯨か……たしかあちらの特産品だったな」

鯨の肉は食糧に、骨は弓や傘などの生活必需品に、油は明かりにできる。獲《と》った鯨を余すことなく使いきる。命を大切にするニカヤ人の知恵だ。

サミュエルは、口にしながらも、いらだちをあらわにしはじめる。

「いつになったら西部地域は、自分で自分の面倒を見られるようになるんだ？」

彼の言葉に、会議の間は緊張に包まれる。

「食糧は姉さまが譲られた缶詰工場、照明の燃料は姉さまから譲られる鯨の油。ほかに自分たちでまかなえるものはなんだ？　代わりに差し出せるものはなんだ？　誰か僕の問いに胸を張って答えてみろ」

しんと静まりかえった室内で、発言できる勇気を持つ者は誰もいない。

「無能ども、答えろ。お前らがろくな案も出せないから、ますます国民は飢えて貧乏になるんだよ」

「サミュエル殿下、お怒りはもっともです」

そのとき、右手を挙げて立ち上がった者がいた。

フレデリック・モリスである。

芝居がかった口調で、彼はなめらかに話し始める。

「我がモリス家のおさめる領地では、幸いにして多くの家畜が生まれています。飼料をより安く、しかし品質は落とさずに。長年努力を重ねてきましたが、ようやくそれが実ったところです。鶏《にわとり》と豚は例年よりも多く出荷できる。また領民たちには各家庭に一頭以上、春に生まれた子豚を管理させています。個人所有の家畜は貴重な財産。冬の厳しいときは捌《さば》いて食べられます。家畜からとれる油脂で照明の問題も解決できるでしょう」

そう、モリス家の領地では養鶏・養豚事業が盛んなのだ。これはエスメもうらやましいところである。しかし、こういった事業は小屋の建設費や餌代などの初期費用がばかにならず、今からアシュレイル家がまねして参入しようとしても不可能なのであった。

（ああ……今からアシュレイル家が没落する前に、お父さまが養鶏場のひとつでも作ってくれていたら……）

実入りの良いときにあぐらをかかず、こつこつと財を増やす方法を考えるべきである。これから先、実入りの良いときがスタークの地におとずれるかはわからなかったが、肝に銘《めい》じておこうと思った。

得意満面のフレデリックは、意地の悪い笑みを浮かべる。

「たまには議会で発言なさったらどうです？　アシュレイル卿《きょう》」

「え……」

「失礼。こんなことを言いたくはないのですが、日頃よりお父君のアシュレイル伯は居眠りばかりでいかがなものかと思っておりました。今日はせっかく跡継ぎのアシュレイル卿が出仕したのです。なにかサミュエル殿下に有意義な発言をなさったらどうです？」

フレデリックは、もったいぶったように続けた。

「それとも、お父君と同じく眠っていたのですか？」

「……そんなわけないだろう」

エスメはこめかみをひくつかせながら、立ち上がった。

フレデリックは期待に満ちた視線を向ける。本物のクリスだったら、こんなところで名指しされようものなら悲劇である。腹の底からわきあがる、不快な音を漏《も》らすに違いない。

彼はそれをぞんぶんに笑いものにするつもりなのである。

先ほど、格下と思っていたクリス――正確にはエスメだが――に刃向かわれたので、仕返しをしてやろうということなのだろう。

（わかりやすい奴。しかし、困り果てた……）

サミュエルは、うろんな目でエスメを見ている。

たしかに、サミュエルに直接スタークの現状を訴え出る機会がほしいと思っていた。しかし今、この流れで「生活が苦しい」などと口にしては、いよいよアシュレイル家の無能ぶりを露呈するだけである。

フレデリックが、領地の運営はいたって順調だと報告したばかりなのだから。

哀《あわ》れっぽく支援をねだって、果たして目的は達成できるだろうか。今までのサミュエルの態度を見るに、甘えるなと一喝《いっかつ》されて終わりそうな気がする。

それに、一度きりの支援では意味がない。恒常的に、スタークに投資する価値があると思わせなくては――。

……どうする、私。

こぶしをにぎりしめ、エスメは顔を上げる。

受けて立つ。生半可な覚悟で城へやってきたわけじゃない。

私の言葉に、行動に、スタークの民の将来がかかっているんだ。

「お初にお目にかかります、サミュエル殿下、みなさま。私はアシュレイル伯爵の嫡男《ちゃくなん》、クリス・アシュレイルです」

エスメは、ゆっくりとしゃべりはじめた。

「非常に申し上げにくい次第ではありますが……。現状……スタークの小麦畑は枯れ、パンも満足に食べられません。山に自生するわずかな植物や木の実を採り、動物を狩り、人々は食いつないでいる状態です。男に仕事はなく、女に学はない。闇夜に明かりはなく、曇り空に太陽はない……」

フレデリックは、エスメの演説を鼻で笑う。

「……しかし、あきらめたわけではありません」

エスメは息を吸い込む。ベンジャミンは目をすがめた。

「その昔、賢王アデール陛下が研究していたというイモを植え、パンの代わりに主食にできないかと模索しておりましたが、残念ながら我が領地での栽培には成功しませんでした。その後、ピアス子爵の発表した論文をもとに交配を繰り返し、当初のもくろみよりも小さなものですが、はじめて手応えを得ることができた。本日私が出仕しましたのは、その成果と課題をピアス子爵にご報告し、助言を仰ぐためです」

ほう、とあちこちからため息が出る。西部地域の誰もが太った家畜を持っているわけではない。まだ缶詰の大量製産には機械の整備や人員の確保、商品の輸送などに費用がかかる。エスメの試みが成功すれば、少なくとも将来的な食糧確保における保険にはなる。

エスメは期待していたが、肝心のサミュエルは髪の毛の先を指先でもてあそんでいるだけだ。

「今年の冬をどうやって越すかにかんする報告ではないな」

サミュエルのつれない態度に、勝利を確信したのだろう。フレデリックはなおもかみついてくる。

「今年の冬は、そのイモもどきで越せるんですか？　聞けばスタークは餓死者や凍死者が出ない年はないとか。村人たちは食べ物どころか、薪を手に入れる金もないというわけだ。餓死・凍死はイルバスでもっともみじめな死とされているのに、のんきにイモの出来損《できそこ》ないなど育てている場合ですかね？」

「それは……」

「自分が明日着ていく服もないのに、娶《めと》る予定のない花嫁の衣装をあつらえようとするようなものだ」

フレデリックの言葉に、どっと笑いが起きる。エスメは頬を紅潮させ、くちびるをかんだ。

アシュレイル家の財政が苦しいことなど、ここにいる面々には周知の事実だ。税収が少ないことは一目瞭然《いちもくりょうぜん》。それなのに父と兄のていたらくときたら——。

「おい」

サミュエルは低い声でうなるように言った。

「そこのチビ。お祖母《ばあ》さまのイモを植えたと言ったな？」

「はい」

そこのチビとは、私のことか。エスメは口ごもりながらも答えた。サミュエルの暗い瞳は、エスメをじっと捉《とら》えている。

「なぜ栽培がうまくいかなかった？　あれは六十年前、お祖母さまがカスティア国から持ち帰ってきた品種だ」

「西部地域は一年を通して晴れ間が少なく、王都よりも気温が低いです。スタージは特にその傾向が顕著《けんちょ》で、春を待って苗を植えても大きく育ちませんでした。また、王都の土と比べたことはないですが、おそらく土壌の違いも大きく影響しているのではないかと……」

「あのイモは日当たりがよく風通しの良い場所でしか育たない。雨はよく降るか？　暗くしめった土地ではそもそも栽培に向いてない。お祖母さまも畑の位置と土づくりには苦心していたと聞く」

　サミュエルは羽根ペンを指でいじる。

「雨が多い土地では土は酸性に偏《かたよ》る。土の成分のバランスが、イモを育てるのに適していないことが原因だろう」

　彼の専門分野は植物学。王家の三人のきょうだいの中でサミュエルは、賢王アデールの資質を最も多く受け継いだと言われている。アデールの専門分野は植物学と語学だったからだ。

　今でもイルバスの教育と農政は、この緑の陣営が主導権を握っているのだった。

　ただし、そのすべての決定権は彼が成人するまで受け継ぐことができず、現時点では緑の陣営に属する各領主が実務を担当し、王太后やサミュエルに報告するというかたちをとっている。

　ただ、植物学に造詣《ぞうけい》が深いとはいえ、サミュエルがたいして成果をあげていない報告に興味を示すのは、めずらしいことであった。

「は、はい」

「ピアスが詳しい。あとでお祖母さまの畑を案内させる。土を持ち帰って自分で調べろ」

「ありがたいお話です。ぜひとも……」

「それと、お前がピアスの論文をもとに行ったという栽培方法を僕に報告しろ。不利な環境でもそれらしきものができたんだろう。なにか見逃していた新しい事実があるのかもしれない」

　エスメはぽかんと口を開けた。

　サミュエルはうっとうしそうに手を払う。

「おい、バカ面《づら》を晒《さら》すな。もう座れ」

「はい」

……またとない、機会に恵まれたのでは。

　意地の悪いフレデリックにも、いっそ感謝した方がいいのかもしれない。

スタークの土地が貧しいことには変わりありません。こうなるまで放っておいたアシュレイル家にも問題が――……」

　フレデリックはなおもくいさがる。

「その問題は、スタークだけのことか？」

「それは」

「どの土地も似たようなものじゃないか。そうでなければ西部地域全体がここまで貧しいとは言われなかっただろう。それともなんだ、どこも問題なしということでいいんだな？」

　僕は姉さまに鯨をねだらずとも済むと？」

　それぞれの領主たちは顔を見合わせた。

サミュエルはいらだちながら吐き捨てる。

「モリス。お前の豚がうすっぺらい紙のようになるまで、油をしぼりとる必要があるようだな」

サミュエルはベンジャミンを伴って立ち上がった。

「死ぬ気で対策を考えろ。西の地は生まれ変わらなくてはならない。このままの税収では兄さまも姉さまも納得しない。緑の陣営は根こそぎ議場から椅子を奪われるぞ」

議会はざわめいた。もうすぐ本格的な冬だ。作物は採れなくなる。生きていくだけで精一杯の民から、これ以上の税を徴収することはできない――。

このままでは、同じイルバスという国にありながら、西部地域は生活も産業も、他の地域に比べて大幅な後《おく》れを取る。

これが共同統治。ひとりの王やその臣下の実力が足りなければ、国全体の足を引っぱる。他の王はそれを許さないだろう。

「抜本的な改革をするには、まとまった資金が必要だ。モリス、お前には期待している。酪農のノウハウを近隣の領主と共有しろ。すべての地域が冬を越せれば、土地は有り余ってるんだ。希望はある」

「御意《ぎょい》」

解散の号令がかかると、領主たちはそれぞれフレデリックのもとへ向かった。彼におもねることができれば、サミュエルから雷を落とされることはないというわけだ。

「おいチビ」

サミュエルは不機嫌そうにエスメを呼んだ。

「ついてこい」

「は、はい」

エスメはあわててサミュエルのそばへかけよる。

「スタークを飢えと暗闇から解放しろ。これ以上みじめたらしい餓死者や凍死者を出さないためにも」

サミュエルに冷たい視線を向けられ、エスメは背を正したのだった。

＊

色とりどりの花が咲き乱れる庭園を歩いていると、日傘を差し出された。

ベアトリスはくちびるの端をあげる。

「ありがとう、ギャレット」

「必ず傘持ちの使用人をお連れになるようにと言いましたよね」

ニカヤの日差しは強い。油断しているとベアトリスの白い肌は、たちまち赤くなってしまう。

「傘持ちがいなければ、あなたが追いかけてきてくれると思ったの」

そばに咲く赤い花に触れながら、ベアトリスはつぶやく。

ジンジャーリリーだ。この甘い香りは好きである。

ニカヤの復興に向けて、この新婚夫婦は日夜忙しくたち働いている。ようやく迎えた夫婦そろっての休息の日だというのに、ギャレットは疲れ切ってベッドで眠ったままだったので、ベアトリスはむくれていたのだ。

「俺のことは無理矢理にでも起こしてくだされればよかったのに」

「かわいそうだったんだもの」

「それでも、わざと日傘を差さないで出たんですよね？」

ベアトリスがにこりと笑う。

「目覚めたときに私がいなかったら、びっくりするかと思って」

「しましたよ。寝癖《ねぐせ》だって直すひまがなかった」

「あら本当だわ」

ベアトリスは背伸びして、夫の黒髪を撫でた。ギャレットはばつが悪そうにしている。

毛先をいじるベアトリスの手をおろさせ、ギャレットは自分の腕においた。

「一緒に朝食をとりましょう。それに、手紙を預かりました。一通はサミュエル殿下から、もう一通はイザベラ王太后さまから」

テラスには、白いテーブルと椅子、そしてニカヤ国らしい朝食が並んでいる。さまざまな果物や魚の蒸し焼き、ふかふかの白パン。この国は、食物には恵まれているのが幸いだ。度重なる天災で建物はひどく傷《いた》み、農作物は例年に比べ不作ではあったが、それでも食糧自給率はイルバスよりもはるかに上だった。

生活に不便するということがあっても、国民が飢えるということはなさそうだ。

ベアトリスは席につくと、ギャレットから手紙を受け取った。

「缶詰工場はまだ大量生産には耐えられないわね。西部地域は今年の冬を越せるのかしら」

彼女は複雑そうな顔になる。弟のために技術のすべてをイルバスに置いてきたが、流通を本格化させるには時間がかかる。サミュエルは、鯨肉の塩漬けと油の融通《ゆうずう》を頼んできた。プライドの高い彼にとって、このような申し出は屈辱だろう。それでも恥をしのんで姉に援助を求められるようになったのだから、以前よりは成長したあかしだ。

「どれくらい鯨肉を融通できるかしら。捕鯨《ほげい》はニカヤの伝統的産業。漁師たちは命がけで鯨を獲りに行く……。国難が続いてもニカヤの民の多くが結束を保ってきたのは、それらの伝統を守ろうとしてきたからよ。後から参入してきた私たちがニカヤ人より先に鯨を確保することはできないわ。反感を買うのは必至」

「さようですね。今後のことを考えると、イルバスのために多くは用意できないでしょう」

「ザカライアに連絡をとって。こういう時のためにニカヤ人が私たちの陣営に席を占めているのだから。ニカヤとイルバス、両国を平和にするのが私たちの仕事な以上、彼らの意見を参考に、どれだけサミュエルの願いに添えるか考えましょう」

ニカヤ女伯《じょはく》であり、イルバスの女王であるベアトリスは、慎重に行動する必要がある。ニカヤの資源を搾取《さくしゅ》し、本国へ横流ししていると捉《とら》えられてはならない。あくまでベアトリスは、ニカヤ復興のため、イルバスとニカヤの両国のためにこの場にいるのである。まだ幼いニカヤの国王を支えるために。

多少の融通は可能でも、大がかりな取引となるとしっかり対価を得られなくては。その資金を、緑の陣営でどこまで捻出《ねんしゅつ》できるのか――。ベアトリスの予想では、かなり厳しい状況になるだろう。

しかし、甘やかすことはできない。馴れ合いが常態化すればイルバスもニカヤも沈んでしまう。サミュエルも、もうすぐひとりの国王になるのだ。自分の統括する地域くらい、自分で守らせなくては。

「次はお母さまからの手紙ね、めずらしいこと」

ベアトリスの声は特段うれしそうでもなかった。長年彼女と共にいるギャレットには、その理由がよくわかっているだろう。

　ギャレットが差し出した封筒を受け取る。ベアトリスはゆっくりと便せんを抜き取り、それに目を落とした。

「……困ったものね、お母さまも。またサミュエルのことよ……」

　母イザベラの愛情は、末の息子に集中している。

　体の弱かったサミュエルは、母の心配の種だった。早くに自立したアルバートとベアトリスとは違い、いつまでも守ってあげなくてはならない幼子あつかいだった。

　アルバートはそんな母をよく見ており、放っておかれていたベアトリスの手をよく握ってくれた――彼にはそれ以外にも、妹を手元に置きたい理由は多分にあったが。

　結果的に、アルバートとベアトリスはふたり兄妹のように育ち、後から生まれたサミュエルは、イザベラのひとり息子のようになってしまった。

　そのゆがみが、今のベルトラム王朝に影をもたらしている。

「王太后さまはなんと？」

「いつものことよ。サミュエルの戴冠について、あれこれと」

「俺と陛下との結婚にも無関心だったのに？」

　国王であるアルバートが承認した時点で、ギャレットの王杖就任に反対することはできない。それにつけてもイザベラは、あまりにもベアトリスの選んだ相手に無関心だった。

王の右腕である王杖。こと女王の王杖は、慣例的に王配《おうはい》となってきた。ギャレットがベアトリスの王杖になったということは、イザベラの義理の息子になったということでもある。

ギャレットを伴い報告にあがったベアトリスに、母が放ったのはたった一言。「お前の選択に、間違いなどないでしょう」ただそれだけだった。

「お母さまは、私に対しては娘というよりもひとりの女王として接している。私の選択は同時にイルバス女王の選択だと。そこに口をはさむ余地はないとお考えなのよ」

覚悟して王太后の離宮にあがったギャレットは、拍子抜けしたのをおぼえている。庶民出のギャレットの王杖就任について、あれだけアルバートとサミュエルに反対されたのだ。母親のイザベラも難色を示して当然だと考えていた。

しかし、イザベラは娘の結婚をただ事実として受け入れ、すぐに興味をなくしてしまった。

「王の母なのだもの。市井《しせい》に生きる母親とは違って当然……でも、気になることはあるわ」

ベアトリスは眉間《みけん》にしわを寄せる。

「王太后さまの噂のことですか」

さすが、情報が早い。ベアトリスの黒鳥は、イルバスにいたころより幾人もの間諜《かんちょう》を抱え、女王の役に立っていたのだ。今でもイルバス中に散った彼の配下から、情報が集まってくる。

「怪しげな男をそばに置いているとか……」

「そばに置いたのはずっと以前からよ。でも最近は、彼があまりにも目立ちすぎている。お父さまが亡くなってしばらく経つ。少しのことには目をつぶってきたけれど……」

あまりにも聞こえが悪い噂が立つのはまずい。サミュエルの戴冠に悪影響を及ばさなければ良いが。

アルバートは、すでに母のことは過去の人間として無視するかまえをとっている。彼はもともと弟の戴冠に否定的であるがゆえだろう。

「これ以上問題が起こらないよう、祈るしかないわね」

「干渉《かんしょう》はされないのですね」

「サミュエルの問題よ。私たちはベルトラムの一族。互いにもたれかかれば共倒れになりかねないのよ……それが共同統治というものだわ。沈んだ王に全員が足を引っ張られたら、国はおしまいなの。姉としてはなによりも心配してるわ。でも女王としてできるのは、お母さまの手紙を無視することくらいよ」

処分して、とベアトリスは母からの便りをギャレットに渡した。

「戴冠まであとわずか。サミュエルに甘えは許されないのよ」

*

花の蜜のような、甘ったるい香りがただよっている。

イザベラが目配せをすると、女官たちは心得たように部屋を出ていく。薄布をめくり、彼女たちと入れ替わるように寝室に入ってきたのは、長い黒髪を肩に流した壮年の男だった。

「イザベラさま」

男は柔らかな声で彼女を呼ぶ。整った顔立ちに首の詰まった異国風の衣装に身を包み、神秘的な雰囲気をまとっている。

「待ち焦がれていたわ、ノア」

イザベラは少女のような笑みを浮かべ、彼にしなだれかかる。

事実、彼女はまるで十歳も二十歳も若返ったかのようだった。ノアに出会ってから……イザベラはあらゆる苦しみから解き放たれたのだ。髪はつやを取り戻し、肌は生娘《きむすめ》のようにみずみずしく、そして表情は十代のときの愛らしさを取り戻していた。

イザベラは十九歳で先代国王のもとへ嫁《とつ》いだ。政略結婚だった。それでも夫との間に三人の子を生《な》した。夫のことは心から愛していた。それに嘘偽りはない。

義母のアデール女王が、夫であるエタン王配と仲睦《むつ》まじく暮らす様子を見て、手本にしたいと思っていたのである。アデール女王は革命と王政復古を経験した。戦争を経《へ》て、一度はイルバスという国がなくなるという覚悟もした。だが激動の時代を生き抜き、国を守り、信頼できる夫を得たのだ。イルバスがある程度平穏を取り戻してから生まれたイザベラは、そんな前女王・王配を尊敬していたのである。ベルトラム王室に入ることは、なによりの誉《ほま》れだと思っていた。

だが同時に、そんな圧倒的な女王の後を継ぐということが、とてつもなく荷が重かった。イザベラの夫はもうひとりの王である妹とたびたび衝突した。互いに国を想ったゆえだが、共同統治の課題を浮き彫りにさせた。アデールが亡くなると、それはより顕著《けんちょ》になった。

エタン王配はそれで良いという。国のために国王たちが切磋琢磨《せっさたくま》すること、それがアデール女王の遺志なのだからと。

イザベラはおそろしくなった。すでにアルバートを産み、腹の中にはベアトリスがいた。我が子たちも、夫たちのように争うのだろうか……。この共同統治制度は、王が互いに疑心暗鬼にならざるをえない。家族がばらばらになってしまう。

イザベラにとって、アデール女王とエタン王配のような家族が理想だった。互いを信じ、愛し、認め合っていくことが。イザベラと夫の間には、たしかにそのような愛情があった。

では、子どもたちには？

イザベラは次の時代を担うに、ふさわしい子を産んだ。長子のアルバート。粗野な言動も目立つが、文句のつけようのない名君になるだろう。次に生まれたベアトリス。気難しく繊細なところもあるが、国を背負うにふさわしい女傑《じょけつ》に成長しそうな兆《きざ》しがある。ふたりは互いを助け合い、良い国を作っていくはずだ。ふたりのいとこにあたるカミラ姫は、どうやら国の統治には無関心な様子。イザベラは安堵《あんど》した。これで平和な世がおとずれる。自分たちが頭を悩ませたような思いは、子どもたちにさせずにすむ――。

子がふたりとも王になってしまうのは母として寂しい気持ちはあるが、割り切らなくてはならなかった。

第三子を懐妊したと知ったとき、イザベラは言いようのない不安に包まれた。

そのときアデール女王の王配エタンはすでに引退し、古城に隠遁《いんとん》していた。すでにイルバスは、自分たちの時代だった。いずれ子どもたちが成長すれば、速《すみ》やかに次の世代に引き渡される。

三番目の子は、どんな王になる？

王が二人だけのときですら、いびつな共同統治だったのに。王が三人もいたら、どうなってしまう？

せっかくアデール女王が守ったこのイルバスという国が……割れてしまうかもしれない。

この、三番目の王によって。

「ご気分はいかがですか？」

ノアは、うかがうようにしてイザベラの顔を仰いだ。

「実はあまり良くないの……」

「それはそれは。お渡しした薬が合わなかったのでしょうか」

彼はイザベラの頬にふれた。彼女の瞳をのぞきこみ、ほほえんだ。

「違うものを試してみますか？」

「お願い……毎日不安で仕方がないの。サミュエルのことで……」

「サミュエル殿下がなにか？」

「わかっているでしょう。王冠を捨てようとしないのよ」

イザベラはため息をついた。

サミュエルが生まれたとき……イザベラの悪い予感が的中した。

まず、上のふたりよりもずっと小さく、仮死状態で生まれた。医師たちが総掛かりになり、サミュエルはなんとか一命をとりとめた。

その後も彼の戦いは続いた。体が弱く、すぐ熱を出しては寝込んでしまう。あらゆる病《やまい》に罹患《りかん》し、しょっちゅうイザベラをひやひやさせた。病弱なせいで、兄姉たちよりもさまざまな面で後《おく》れをとった。誰も何も言わなかったが、末の王子の存在に周囲は落胆していた。それを敏感に察したのか、サミュエルはよりいらだちをあらわにするようになった。

精神的にも弱く、とにかくわがままでこらえ性がなかった。

（サミュエルを守ることができるのは、私だけ……）

夫が病で世を去り、親としてサミュエルを保護できるのはイザベラだけになった。

アルバートとベアトリスは、放っておいても強く育つ。ふたりで支え合って生きていくことができる。

だが、上のふたりがサミュエルを支えてくれるのか？

母親だからこそわかる。それは否《いな》――サミュエルが足場を崩しても、兄姉たちは手を差し伸べることはしないだろう。

きょうだいの絆《きずな》よりも、国の繁栄をとる。それがベルトラム一族に生を享《う》けた者のさだめなのだ。

「あの子を守りたいのに、親の心子知らずね。ちっとも理解してくれないの……」

イザベラは、サミュエルがことのほか可愛かった。はじめて「自分の子」を得たような気がした。上のふたりは早々に王としての教育を受け、親離れするのも早かった。アルバートは四歳になった時点で週に一度、顔を合わせるか合わせないか。北方地域リルベクを継ぐ可能性を示されたベアトリスは、春になれば廃墟の塔に滞在し、まるごとふたつの季節、母と顔を合わせなかった。それでもふたりは平然としていたのだ。

はじめこそ寂しそうにしていたふたりだが、それが自分の人生なのだと受け入れるのも早かった。

サミュエルは違った。赤子のころから、イザベラのもとを離れなかった。

よちよち歩きのサミュエルの手を取り、イザベラはこの離宮でのびのびと過ごした。三人も子を産んで、やっと母になる喜びを得られた。

「あの子が、上のふたりのように自立できるとは思えないの。それに王となる重圧に耐えきれるはずがない。なんとかあきらめさせて、自由にさせてあげたいのよ」

西部地域の民はサミュエルに失望している。ならば西の地もアルバートかベアトリスが治めればいい――。

「……サミュエル殿下は不吉な星をお持ちです。やがてそれはベルトラムに巣くう呪いとなる」

ノアは、ささやくようにして言った。

「このままではサミュエル殿下は道を踏み外してしまう。すでにルーク・ベルニを失ったのです。あのお方を教え諭《さと》すことのできる者はおりません……」

「どうにかして、ノア。怖くてたまらないの」

「サミュエル殿下はまだ若い。王冠を捨てよと言われたら、意固地になる。大人の導きが必要ですよ。彼がどうしても国王になりたいと言うのなら……彼は変化の星を持つベルトラムの王子です。環境次第でいくらでも変わることができる」

甘い匂いが強まった。イザベラは目を閉じ、くちびるをふるわせた。

「私は……どうしたらいいの？」

ノアは笑みをたたえた。

「すべて私におまかせを。イザベラさまは、夢の中にたゆたっているだけでよろしいのです」

＊

エスメは息をのんだ。

アデール女王自身が管理したという農場を見学し、種イモも見せてもらった。土の質や肥料の配分、それに伴う過去のさまざまな貴重な資料を、ベンジャミンが解説しながら渡してくれた。

そしてなによりもエスメを驚かせたのは、サミュエルのガラスの温室である。しかもその中では、薔薇が咲いていたのだ。

「本物は初めて見ました」

エスメははずんだ声をあげ、その花に触れた。薔薇はあでやかに咲き誇り、かぐわしい匂いが満ちていた。

薔薇……図鑑や、絵画の中でしか見たことがない。エスメにとっては夢の世界に咲く、まぼろしのような花である。

裕福な者たちはこの薔薇を加工した香水や化粧品を使うのだという。それには気が遠くなるほどの大量の薔薇の花びらが必要で……。

（きっとこんな温室がいくつも……数え切れないほど、必要になるんだ。イルバスで薔薇を加工するほどの産業にするには……）

途方もない財宝を目の前にしたような気持ちだった。

サミュエルは得意そうに言った。

「感謝しろ。めったに人は入れないようにしている」

「サミュエル殿下が、自ら世話を？」

「薔薇は栽培が難しいんだ。枯らした奴を全員クビにしたら人手がいなくなった」

サミュエルは温室を歩きながら言った。

「お前のイモの交配実験についての報告は、なかなか見どころがあった。可能ならばこの温室のように、気候や土壌について足りないところは人の手を加えておぎなってやればいい。暖かくなければイモが育たないのなら暖めてやればいいし、湿気が邪魔なら取り除いてやればいい。しかし温室の管理には金も時間もかかる。西の貧しい土地に、大がかりな温室をいくつも設置するわけにはいかない。あきらかに資金不足だ」

彼は薔薇の花びらを指さきでもてあそんだ。

「人の力を加えるには限界がある。できるだけイルバスの風土にあった作物を育てるしかない。しかし、その試みはいまだに成功していない――」

「私の試みも、成功したとは言いがたいですが」

「しかし以前よりは格段に進歩したといえる」

サミュエルの言葉に、エスメは前のめりになった。

「あの……殿下。折り入ってご相談したいことがございます」

スタークの現状について。

もちろん、ただで助けてほしいとは言えない。スタークと似たような状況の村や町は西部地域のあちこちにある。

だが、エスメの実験を後押しするという名目があるなら――あの灰色の土地を、新種の作物の実験場にしてみないかと、提案するなら。

研究費としてまとまった予算を組んでもらえるかもしれない。学者をはじめとする研究員も呼び寄せるのなら、彼らを受け入れるためにそれなりの設備も整えることにはなるが、これがすべてアシュレイル家持ちということはないだろう。

スタークになにもないのなら、これからの可能性に懸《か》けるほかない。土地そのものを未来への投資とすることができたなら、民を守ることにもつながる。

スタークは新たな畑の実験場となる。その大義名分をもとに冬を越せる。

それに、作物の栽培については、エスメひとりで悪戦苦闘するよりも、よほど良い結果が生まれるはずである。うまいことイモの栽培に成功することができれば、あのいけ好かないフレデリックだって、ぎゃふんと言わざるをえないはずだ――。

「スタークを他の手本となる農村に育てたいのです。イルバスの食糧自給率の低さは以前から問題でしたから。寒さに強く、低予算で、誰でも容易に育てられるような作物の実験場として。その……ご支援をいただくことは可能でしょうか……？」

「お前に？」

サミュエルの視線は冷たかった。

「イルバスの食糧自給率の低さについて、僕は以前から問題視していた。なにも対策を打ってこなかったとでも？」

「い、いえ」

「やれるだけのことをやって、現状がこれなんだよ。理解してないのか？」

エスメは言葉に詰まった。アデール女王の時代から、カスティア産のイモの栽培は始まっていた。それが西の地にはうまく根付かなかった。祖母の遺産を受け継いだサミュエルなら、とっくにこの問題は気がついていたはずである。

「国の予算を投じるには、確固たる理由が必要だ。たとえばお前が論文を発表してそれが学界で認められるとか、すでにスタークの土地では一定数のイモの栽培に成功して実績を出しているとか」

エスメはくちびるをかんだ。

兄とは違いまともに学校も出ていないし、イモの栽培は中途半端な結果に終わっている。

「お前はどちらでもないだろう」

「……はい」

冷たく言い放つサミュエルに、エスメはこぶしをにぎる。かたわらのベンジャミンに助けを求めようとするも、彼は曖昧《あいまい》に笑っているだけだ。

（……たしかに、畑も見せてもらえたし資料も渡してもらえた。本当ならこれだけでも僥倖《ぎょうこう》だったんだ……）

サミュエルが求めているものはなんだ？　西部地域の民が冬を越すのにじゅうぶんな食糧や燃料。どちらも今のエスメが差し出すことはできないものだ。

「わかったならさっさと帰れ。お前に聞くべきことは聞いた。ご苦労だったな」

「待ってください。もう少しお話を……」

「僕は忙しいんだ」

とりつく島もない。エスメは意を決して口をひらいた。

「……では殿下は、この先なにに投資されるというんですか？」

やめておけ、と心の内のもうひとりの自分が訴える。ただ怒りに身をまかせては、さっきフレデリックに決闘をいどんだ時と同じだ。それでも口をついて出る言葉をのみこむことなどできない。

サミュエルは眉を寄せた。

「たしかに私の研究は、ただ素人《しろうと》が悪あがきをしただけ。殿下のお言葉ももっともだと思います。では、殿下は西部地域で実際に畑づくりに立ち会ったことはあるんですか？」

「それは」

サミュエルは言葉に詰まった。

彼は体が弱く、物心つくまでイザベラ王太后の離宮で、親鳥の羽に包《くる》まれるようにして育った。厳しい自然に晒される西部地域の冬を、いまだに体験していない。

援助を断られるのは——だめでもともとだったのだから仕方がない。ならばサミュエルが次になにをするのかを知りたい。それに希望がもてれば、アシュレイル家はどこまでついていくことができるだろう。王の役に立つことが、ひいてはスタージを救うことにつながる。

直接スタージを救ってもらえないなら、エスメひとりでも、意地でも食らいついていくしかない。

先ほどの議会では、サミュエルは廷臣《ていしん》たちをしかりつけ、結果ばかりを求めていた。これでは緑の陣営は萎縮《いしゅく》する。

彼におもねり、事なかれ主義ですますことが得策なのかもしれない。十分に資産があるならば。

――でもスタッグは、アシュレイル家は、そうじゃない。

生き延びるためには、サミュエルの本音を、考えを、聞き出す必要がある。

「イモひとつまともに育てられないお前に、えらそうに言われる筋合いはない」

「私なりに民の生活を考えた上で挑戦したことです」

「結果につながらなきゃ、すべてのことに意味なんてないんだよ」

エスメは声を荒らげた。

「そんなことを言ったら、失敗を恐れてなにもできなくなるではないですか。失礼ですが、先ほどの議会がいい例です。みなが西部地域を救うことより、己の保身ばかりを考えている」

「は？」

サミュエルは口もとをゆがめて、怒りの表情をあらわにする。

もうなるようになれである。

「あなたをおそれて、ほとんどの者がまともな発言ひとつしなかったではないですか」

エスメは落胆していた。議会では王子の顔色をうかがう者ばかり。彼に怒りの矛先《ほこさき》を向けられないように下を向く男たち。彼らはただ椅子を温めるだけ。現状維持でなんとかやりすごし、議会の終了をいまかいまかと待ち望んでいた。

「この温室に咲く薔薇とて、殿下の挑戦の結果、得られた成功であったはず。薔薇を枯らした者を切り捨てるばかりでは、誰もこの花の香りを知ることはできない。私たちにも挑戦を許してください。そうでなければ組織はだめになってしまいます」

「お前、誰に向かって口をきいている――」

「挑戦を許していただけないというのなら、せめて教えてください。次にあなたがなにをなさるおつもりなのか。なにに挑戦し、なにを得るつもりなのか」

「それはお前たちが僕に提示するべきことだ」

「殿下は、臣下たちのかかげた目標に乗っかるだけですか？」

「な……」

「西の民が頼るのは、サミュエル殿下しかいないんです。殿下はいつだって受け身で、西で生活する私たちのことを本当に見ているとは思えない。あなたはちっとも私たちを安心させてくれない！」

エスメが声を張ると、サミュエルは頬を打たれたような顔になった。

「そこまでにしなさい」

ベンジャミンが、静かに言った。

「クリス・アシュレイル。言葉には気をつけなさい」

「……はい」

「サミュエル殿下。クリスの言うことも一理ある。あなたは実際に、その目で西の地をよく見た方が良い。ベアトリス陛下はよくリルベクの町に下りていかれ、民の話に耳を傾けていた。戴冠を祝福されたものにしたいというのなら、民からの支持が必要不可欠であることは、殿下はいやでも理解しておいでだ。人望が欲しいというのなら、まず君主は歩みよらなくてはならない」

「人望なんて……民が、僕を敬愛するのは当然だろう。僕はベルトラムの王子だ。ベルトラム王家に生まれた僕は特別なんだから」

ベンジャミンはにこやかに笑った。

「ならば、殿下から会いに行けば民はもっと喜ぶ」

「ピアス……」

「缶詰工場の視察の予定が入っていましたね。良い機会です、姉君のやりかたを学んでは」

サミュエルは不満そうだ。

「お前はいつも姉さま贔屓《びいき》だ」

「当然です、私は赤の陣営の一員なのですから。その上で意見いたします。資金のかけどころを間違えてはなりません。今まではルーク・ベルニ伯爵がこういった役割を負い、現地視察や企画発案をなさっておりました。殿下はそれらの可否を決めるだけで良かった。ですが、彼はもういないのです。殿下はわかっていらっしゃるはず。王杖を持たない王は、剣を持たない戦士と同じです。ベアトリス陛下もこれでたいそう苦労されておいでした」

王杖を持たない王は、剣を持たない戦士と同じ——。

ベアトリス女王が自ら動く女王であったのは、彼女がそれを好む以上に、そうせざるをえなかった面もあるからなのだ。

サミュエルはうなるようにして、わかったよ、と言った。

「……そこまで言うなら、西部地域、どこへだって行ってやる」

「サミュエル殿下」

「お前の領地もだ、チビ」

「チ……」

サミュエルはエスメに向かって舌を出すと、さっさと温室を出ていった。

控えていた衛兵たちが、すかさず王子に付き従う。

ベンジャミンはあきれたようにエスメを見ている。

「ピアス先生……」

「その食らいつき方は嫌いじゃないが、ひやひやさせるね。アルバート陛下だったら首をはねられていたかもしれないぞ」

「申し訳ありません」

「まあ、王子に発破《はっぱ》をかけるいい機会にはなったが」

ベンジャミンは小さくため息をついてから続けた。

「サミュエル殿下が見せてくださったのは、アデール女王時代からの貴重な資料だ。スターグの農業に役立つと良いが。視察の件は、いずれ君にも話があるだろう」

「私に……？」

次期国王に口答えをしたのだ。内心、兄のクリスの出世は絶望的なものになり、やらかしてしまったと思っていたくらいなのに。

ベンジャミンは安心しなさい、と続けた。

「サミュエル殿下は、くだらないと思った人間は無視する。そして負けず嫌いだ。クリス、また会えることを楽しみにしている」

エスメはぽかんと口を開ける。

エスメの肩を叩いてさっそうと去ってしまったベンジャミン。彼のコロンの残り香《が》が、薔薇の香りに混じってふわりとただよった。

「ま、待ってください、ピアス先生！」

彼女の想像よりもずっと早く、そしてずっと過酷な未来が待ち受けていることなど、このときのエスメは予想だにしていなかった。

＊

例年よりずっと早い寒波のしらせがやってきた。

わずかな春、そして夏と呼ぶにはあまりにもささやかな季節が終わり、まだ秋にさしかかったばかりのころである。

雪国のイルバスで、寒波の襲来は特段珍しいことではない。冬をむかえれば国中のあちこちがそのような事態に見舞われるし、対策もとられている。

だが今年の寒波は異常であった。あまりにも早く、長く、厳しい。食糧事情の厳しい地域では、たちまちに備蓄が底をついた。暖をとるための薪や油が不足し、人々は暗闇の中の生活を余儀なくされた。

はじめに悲鳴を上げたのはイルバスの西部地域――孤立地帯となった山間部の寒村、イザラムからだった。

「久しいな、我が弟よ。健勝そうでなにより」

アルバートはにやついた笑みを浮かべ、青の陣営の配下たちと共に王たちの会議の間に入った。

　ベアトリス不在の国政議会は、青の陣営と緑の陣営、両陣営が衝突しかねないような、ぴりぴりとした緊張感に包まれていた。

　王杖のウィルと共に席に着いたアルバートは、さっそく本題を切り出した。

「西の寒波の件だ」

「わかっています、兄さま」

　ちょうどサミュエルが、西部地域の現地視察に向かおうとしたときだった。今季初めての大寒波襲来が報告されたのは。

「あまりにも寒波の訪れが早すぎる。そして驚くほどに長く厳しい。あちこちの村落で雪が降り続き、閉じ込められている民もいる」

　サミュエルは爪をかんだ。

「なんとかしなければなりません。姉さまからは思ったほどの援助を得られませんでした――」

　姉にも立場がある。大型船一隻に詰められるだけの鯨肉の塩漬けや油は、これでもかなり融通してもらえたほうだろう。これ以上を望むなら鯨肉を買い取らなくてはならないが、ひと冬分となれば資金はばかにならない。

「缶詰工場も設備が凍り付いて生産が止まったそうだな」

アルバートが目を細めた。

「同じく寒さの厳しいリルベクの土地では、問題なかったそうじゃないか。なぜ西の工場ではうまくいかない?」

「それは……」

あちらには、アデール女王時代からの恵まれた設備が整っている。寒さをしのぐための知恵と工夫が。西の地では新たに資金を投じなければ手に入らないものだが。

「……非常に申し上げにくいのですが」

ウィルが淡々と言った。

「サミュエル殿下の統治を、不安に思う民の声がしだいに大きくなっています。身辺警護の人員に、我が陣営の者を幾人かつけた方がよろしいかもしれません」

「なんだと?」

サミュエルは眉を寄せた。

「十分間に合っている。そちらには軍人が多いかもしれないが、僕だってきちんとした護衛くらい――」

「青の陣営の者がそばにいるとわかれば、いずれはアルバート陛下が手をお貸しするものと思って、こぶしを下ろす者もいるだろうと思ったまでです。まあ、おそばにピアス子爵がいらっしゃるので十分かとは思いますが」

サミュエルは言葉をのみこんだ。

サミュエルひとりでは頼りない。西は自滅を待つのみ。だが、そばにベアトリスの部下であるベンジャミンや、青の陣営の人間がついていれば、いずれはサミュエルひとりではなく、彼の兄姉の助けがあるだろうと……。

「ばかにしているのか。西部地域は僕が統治するんだぞ」

「その通り。俺が以前、お前が持て余すことになるであろう地域を管理しようとしたとき、トリスは国璽《こくじ》を押さなかったからだ」

アルバートは尊大に言い放った。

「——お前がやるしかない」

サミュエルは兄をにらみつける。

「そんなこと、最初からわかって……」

「あれを出してやれ」

アルバートが指示すると、精緻《せいち》な金細工がほどこされた箱が運ばれてきた。ベルトラムの紋章が中央に配され、サミュエルの瞳をそのままうつしとったかのような、黒みがかったグリーン・サファイアが嵌《は》め込まれている。

「お前の国璽だ」

箱に目を奪われていたサミュエルは、顔をはねあげた。

「え……」

「普通は戴冠式の際に作られるものだが、西がこうも問題続きでは仕方がない。俺による管理をトリスが却下したのだから」

サミュエルは、そっと箱を開けた。中にはずっしりとした印章がおさまっている。王の国璽は、戴冠する王を象徴した絵が彫り出されているのだ。持ち上げて印を確認すれば、そこには王冠をかぶり薔薇を手にする少年王の姿が象《かたど》られていた。

アルバートは馬に乗り剣をとる勇ましい姿、ベアトリスは工具を足元に置き、カンテラに明かりを灯《とも》す姿となっている。それぞれの王の特徴に添うよう、図案が決められるのである。

「僕は、自分の国璽の図案を確認していないのですが」

「急なことだったからな。俺の方で勝手に決めさせてもらった」

ウィルは申し訳なさそうに言う。

「陛下は面倒がってリストに載《の》っていたはじめの案を指さしただけです。納得がいかなければ後々サミュエル殿下がご自身で作り直してください」

人の国璽を適当に決めないでいただきたいのだが。サミュエルはむくれながらも、嫌がらせでひどい姿にされなかったことを安堵した。兄の王杖であるウィルがさすがに止めに入るだろうが、アルバートならやりかねない。

「僕の国璽を作らせた……その理由は、姉さんがニカヤへ行ったことと関係がありそうですね」

「それもあるさ。トリスとの国璽のやりとりは、往復するだけで海を渡ってひと月以上かかる。だがことは急を要するのだ。動かせる事案を限定し、例外的にお前に国璽を認めることにした。トリスからも許可は得ている」

アルバートは弟をにらみつけるようにして続けた。

「これでお前も、立派な国王もどきだ。寒波くらいひとりでなんとかしてみせろ」

「兄さま……」

「青の陣営は、基本的には動かない。もちろん民を見殺しにするわけにはいかないから、遭難者の救助や治療所の設営などには人手は割いてやる……だが青の陣営の領地の税収を、そのまま西にあてがうことはしない」

サミュエルはこぶしをにぎりしめる。姉の援助が望んでいたものに届かなかった以上、かくなる上はこの兄を頼りにしなくてはならないかと、覚悟していたのである。

サミュエルにも意地はあったが、つまらない意地で国民を見殺しにするわけにはいかない。

「兄さまは……西に住む民がどうなってもいいというのですか？」

「いいや。俺は王だ。なにがあっても国民につけは払わせない。どうなってもいいのはお前だ、サミュエル。これではっきりするだろう。自分に王の才覚があるのかないのか」

アルバートは不敵な笑みを浮かべた。

「イルバスの王は、寒さに弱くてはつとまらない」

サミュエルは、国璽を手に取り、両手で包んだ。

「……守ってみせる。西の民を。彼らは僕に統治されることを感謝し、ひれ伏すべきだ。兄さまに西部地域は渡さない」

「威勢だけは一人前だな」

アルバートは立ち上がった。

「そういうわけだ。今回の寒波に対する建言は、作り直してこい。青の陣営頼みのお前たちの愚策などいっさい承認できない。さっさとするんだな。こうしてる間にも国民の命は風前の灯火《ともしび》だ」

サミュエルはできあがったばかりの己の国璽とアルバートを交互に見て、覚悟を新たにした。

第二章

　サミュエルは夜着に身を包み、ベッドに寝転がった。枕の上にイルバスの地図を広げ、見るともなく見ていたが、やがて嘆息《たんそく》して体を起こした。

　いっこうに睡魔がやってくることはなかった。

「お薬をお持ちしますか？」

　侍従《じじゅう》がたずねてくるが、サミュエルは断った。

「……いや。副作用で体がだるくなる。なにかあたたかい飲み物を」

「承知いたしました」

　サミュエルは、枕の上のひしゃげた地図をとりあげ、机の上に置いた。しわになった部分をのばす。

　スターグ。その土地の名前に、細い指先をあわせる。

　――西の民《たみ》が頼るのは、あなたしかいないんです。それなのにあなたはちっとも私たちを安心させてくれない！

いつか、クリス・アシュレイルという少年が――チビなのに妙に存在感があった――自分にあびせた言葉である。

生意気にもサミュエルに意見したあの少年。意志の強い灰色の瞳……母イザベラの瞳も灰色だったが、クリスとは違っていた。母が柔らかな靄《もや》のような灰色だとしたら、クリスの瞳は今にも降りだしそうな雪雲をうつしたかのような色だ。厳しい自然を知っているまなざしだった。

あの視線を向けられると、責められているように感じてしまう。

お前は、ぬくぬくとこの恵まれた王宮で育ってきたではないかと――……。

「……もう僕には、国璽《こくじ》がある……」

それは、少し早いが一人前の王として認められたあかしだった。だが王のなによりの財産である王杖《おうじょう》はいない。王杖のいない王は、剣を持たない戦士と同じ。

姉は剣などなくても戦った。勇敢な戦士のように。

今すぐに王杖を見つけるのは無理だ。緑の陣営の者たちは、サミュエルがどなりつければびくびくして離れてゆくだけ。誰もサミュエルの役に立ってくれない。誰かがこの厳しい状況を打開できるような、すばらしい秘策を持ってきてくれたなら、その人物をそのまま重用するのに……。

「……どいつもこいつも、使えない案ばかりだ」

アルバートに突き返された建言を急ぎ練り直させたが、他人頼りの情けない案が目立つ。兄なら、どうするだろう。姉なら。彼らと並び立つ王になるためなら。

早くしないと……ふたりの兄姉に一目《いちもく》置かれるような王にならなければ、王冠を取り上げられてしまう。

母の子守歌が聞こえる。あの薄布の向こうで、イザベラが手招きをしているような気がする。

吐きそうだ。なにもかもが悪夢のよう。

「クソッ‼」

サミュエルは机の上の地図を手ではらった。ペンやインク壺、資料のたぐいがすべて床に散った。

床で寝ていたアンがけたたましく吠《ほ》える。

「サミュエル殿下、いかがなさいましたか？」

「うるさいな、静かにしろ‼」

騒ぎを聞きつけた侍従に叫ぶと、肩で息をした。

「……僕は、嵐になる。気に入らない奴をすべてなぎ倒して、肉片のひとつも残さない。一番かしこくて、一番美しくて、一番強い王になるんだ……」

サミュエルはかすれるような声で、つぶやいた。

＊

当初予定されていたサミュエル王子の視察は、寒波により孤立した山あいの村イザラムの救援活動に切り替えられた。

国璽を得てから、サミュエルのはじめての公務である。

「今回の任務について説明する。山間部の村イザラムでは、周辺の集落に住む者も含め百数名の村人が雪により孤立している。彼らに支援物資を届け、雪でつぶれた建物を修繕し、家屋の下敷きとなった怪我人《けがにん》を救護すること。これを第一の目標とする」

ベンジャミンの説明に、エスメは必死に耳を傾ける。

エスメが王宮に初出仕してから、しばらくしてのこと。その知らせはアシュレイル家にももたらされた。

緑の陣営は大寒波に見舞われた地域、イザラムへ向かう。

彼女は再び男になることにした。試されているのだと思った。サミュエルに——あの、薔薇《ばら》の咲き誇る温室で、彼に無礼をはたらいたのは、他でもないエスメである。彼が西へ行くというのなら、エスメが無視を決め込むわけにはいかない。

イザラムへ行くと決めたときは、王子に同行することで少しでもアシュレイル家のおぼえをめでたくし、スタークにも支援を得られたらと思っていた。

（しかし、ことはそう単純にはいかないかもしれないな……）

周囲の家臣たちの表情は暗い。

「サミュエル殿下が救援活動など……」

「なんと言ってお止めすればよいのやら」

「私たちとて、無事で済むとはとうてい思えないというのに」

家臣たちが口々に心配していたのは、サミュエルの体調にかんしてである。

幼い頃から病気がちであったサミュエルが、この行程に耐えられるのか。イザラムまでの山道は、馬車は使えないのは当然ながら、橇《そり》を引かそうにも馬の体重では雪に埋もれてしまうので、馬を連れていくこと自体ができない。足場の悪い道を、サミュエルは徒歩で進むことになる。

通常ならば山のふもとから出発し、半日もあればイザラムにたどり着くことができるが、村人が下山もままならないほどの状況とあれば、救援部隊もかなりの時間を山中で過ごすことになる。

（サミュエル殿下が登山や露営ができるのか……みんなそれを心配しているんだ）

エスメも他人事《ひとごと》ではない。幼い頃から山に入って遊んできたが、むろん寒波の中では野外で活動したことはない。吹雪《ふぶき》にのまれれば生きては戻れない。誰から教わらなくとも、エスメは本能で知っていた。厳しい自然の中で育った西部地域の民は、それがよくわかっているはずである。

天候の穏やかなときに向かうならともかく、寒波はいまだにイザラムに居座り続けており、一歩まちがえれば、サミュエルでなくとも山中で遭難しかねない。

将来の国王の命に関《かか》わる問題である。

反対の声は口々にあがっていた。——特に、王太后《おうたいごう》イザベラと懇意《こんい》にしている臣下たちは、熱心にサミュエルを王宮にとどめようとしていた。

「恐れながら申し上げます。我々が先に道を踏み固めておき、サミュエル殿下は後ほど橇を使って村へ向かわれては……」

サミュエルの意志はかたい。ならばせめて彼にふりかかろうとする危険を少しでも排除しておくのが臣下の役割である。

彼らの申し出に、サミュエルは声を荒らげた。

「お前たちはぐだぐだとうるさい。僕は行くと決めた。イザラムに真っ先に到着するのは、僕でなければならない」

サミュエルはかたくなだった。国璽を得た以上、失敗は許されない。そんな彼の覚悟が、緑の陣営たちに波のように伝わっていった。

「サミュエル殿下はイザラム到着後、怪我人や重病人と共に山のふもとまで降りていただきます。怪我人たちを病院へ搬送するときには、サミュエル殿下も付き添われる予定です」

ベンジャミンの説明に、ひとまず場は静まる。道は往路ですでに人が通れるようになるだろうし、イザラムにさえたどり着くことができれば、復路は問題ないだろう。

はじめからふもとで待機するという選択肢もあるはずだが、サミュエルはこの目でイザラムを見ると聞かなかったらしい。

（……私のせい？）

――殿下は西で生活する私たちのことを見ているとは思えない。

あのとき、サミュエルにけしかけるようなことを言ったから……。

サミュエルと目が合った。彼はふいと顎《あご》をそらす。やっぱり。絶対そうだ。エスメは冷や汗をかいていた。自分のせいでサミュエルになにかあったらと、気が気ではない。

ベンジャミンに助けを求めようと視線を送ると、彼は穏やかに笑っている。

（笑っている場合じゃないです、ピアス先生）

エスメは頬をひきつらせていたが、そうこうしている間にも着々と救援活動の詳細が決まってゆくのであった。

＊

背後から、甘ったるい香りが近づいてきた。鼻につく。嫌いな匂《にお》いである。

アルバートは嘆息して立ち止まった。ウィルも彼にあわせ、歩みを止める。

やっかいな女である。年々やっかいになってゆく、と言った方が正しいか。

「アルバート。話があります」

王宮の廊下で呼び止められ、アルバートは匂いの元を振り返った。彼の母親、王太后イザベラである。

「これはこれは母上、ご機嫌麗《うるわ》しゅう」

アルバートは目をすがめる。つやのある白い肌に、豊かにうねる髪。イザベラは化け物のように若返る。本当に俺の母親なのか。

「サミュエルのことであなたに話が」

「ほう。どのような件です？」

サミュエルのことでなければ王太后はアルバートのもとへなどやってこない。彼女はめったに離宮《りきゅう》を離れることはないが、末の息子のこととなれば別である。

「なぜあの子に国璽を与えたのです」

アルバートは心の内で悪態をつく。

やっぱりな。そうくると思ったよ、クソが。

視線で訴えると、ウィルは「おさえてください」とばかりに、下に向けた両手のひらを小さく上下させている。

これが臣下ならば蹴り飛ばして終わりにするのだが、イザベラ相手にはそういうわけにもいかない。

「俺の一存ではない、トリスも了解していることですよ」

「戴冠式《たいかんしき》より前に国璽を作らせるなど、前代未聞です」

「前代未聞で結構ではないですか、過去にこだわるあまりに頭が固くなるよりは」

「やっていいことと悪いことがあります」

時間の無駄だな。この女の小言に付き合う暇《ひま》はない。

アルバートはさえざえとしたまなざしで、イザベラを見下ろした。

「俺の政治に母上の許可がいるのか？　王ですらないあなたの？」

アルバートの、暗い緑の瞳がぎらついた。

「俺に意見できるのはトリスだけだ。そして西部地域に限定すれば、サミュエルも加わるか。いくら母上といえど、政治に口を出される筋合いはない」

「あなたがそんなことを言うとはね。共同統治には反対していたはずでしょう」

アルバートは鼻で笑った。

「母上がサミュエルのためにこそこそと動いているのは知っている。そろそろ膿《うみ》を出す良い機会だ」

イザベラは眉を寄せる。

「なにを言っているのか……」

「王はひとりで十分。あなたの望みはある種、俺と同じだ。だから見逃してきた。国の繁栄のため、ときに苦い薬は必要だが、毒になるようならば取り除く」

イザベラは、ほんの少しの間アルバートの凄《すご》みに呑まれかけていた。

彼女はくちびるをふるわせてから、続ける。

「国民のためよ、あなたに頼みが。イザラムに軍を向かわせてほしいの」

「孤立している山間部の集落へですか?」

ウィルは思案顔である。

「あちらへはサミュエル殿下が向かわれると聞いておりますが」

「……近くに駐屯《ちゅうとん》している軍の部隊を出した方が早いわ。もともとそのつもりだったでしょう? 予定よりも多くの人員を、あちらに向かわせてちょうだい。できるだけ急いで」

アルバートはしばし逡巡《しゅんじゅん》したが、「いいでしょう」と言った。

「寒波に見舞われた地域は他にもある。それらに軍の各部隊を派遣するつもりでしたが、配置を少し変える分には問題ない」

「アルバート陛下、それではサミュエル殿下は……」

ウィルの懸念《けねん》はもっともである。体を張ってイザラムに向かうサミュエルの体面を踏みにじる行為だ。サミュエルが被災地にたどり着く前に青の陣営がすでに救援活動を始めていれば、民がどのように思うかは、手に取るようにわかる。

この母親の、こういうところが最も気にくわないのだ。

愛を振りかざせばなんでも許されると思っている。今は理解できなくとも、いつかはきっと母親の愛をわかってくれると。問答無用で甘ったるい砂糖で包み込み、なめしゃぶろうとしてくるのだ。つくづく反吐《へど》が出る。

しかしアルバート個人の感情と、王としての判断は別である。

「迅速《じんそく》に国民を助けるのが目的だ。どの陣営がやったかは重要ではない」

それに、これでサミュエルの尻に火がついて、膿を出しきることができるなら手間が省《はぶ》ける。

「あなたならわかってくれると思ったわ、アルバート」

「礼にはおよびません。それでは」

アルバートはさっさと会話を切り上げた。

ウィルは王太后に静かに会釈《えしゃく》をし、王の背中についた。

「サミュエル殿下の救援活動を無駄足にさせようということですか」

「おぞましいまでに過保護な女だ」

「イザベラさまのご提案を受けてよろしかったのですか?」

「あの弟がすごすご帰ってくると思うな」

アルバートがそう言うと、ウィルは苦笑した。そして被災地への派遣部隊の配置転換を、すみやかに家臣たちに命じたのだった。

*

エスメは妙に思っていた。

すでに道がひらかれている。

寒村イザラムへの出立《しゅったつ》のとき、彼女は相当の覚悟をしていた。吹雪《ふぶき》の中、山の中へ入るということは命を捨ててかかるということだった。

クリスにはどうか出発を思いとどまるように泣きつかれ、レギーは少しでもエスメの役に立てればと、乾燥ベリーをかきあつめて、携行食糧を作ってくれた。父親に入れ替わりのことは秘密だが、双子のどちらがいなくとも、夢とうつつの区別もつかない彼は興味などわかないようだった。家族に別れを告げ、エスメは長い道のりを乗り越えてきた。

──あまりにも、順調に。

「どうなっている。雪に埋もれて橇も通れない道ではなかったのか」

サミュエルの周りを、彼の愛犬のアンがご機嫌そうにまとわりついている。アンは、極寒の地でも活動できる体力自慢の犬種である。

オオカミよけのために連れてこられていた彼女は、もさもさの白い毛並みを揺らして、立派に護衛の任を果たしていた。

「道がならされていますね。誰かが通った後か」

「村人がやったのか？」

「孤立していると聞いたのだが……」

緑の陣営の一行は、困惑しながらも村に向かって進んでゆく。

(こうだと知っていたら、参加した人数はもっと多かっただろうな)

エスメは救援部隊の顔ぶれをながめる。

議会に出席した人数のうち、参加したのはほんの一部。

イザラムへの救援活動を辞退する貴族は多かった。体力に不安があるとか、支援物資を捻出《ねんしゅつ》できないとか──……。なにかと理由を付けて不参加を表明した彼らは、今も自分たちの領地に引きこもっているのだろう。

賑《にぎ》やかなのは傭兵や雑役用の人足たちで、ほとんどが裕福なフレデリックが雇った者たちであった。馬車も橇も使えないと聞いて、自慢の豊富な物資を背負わせる人間を連れてきたのだ。貧乏伯爵家《はくしゃくけ》のエスメは身ひとつの参加だが、こういったところでも財力の差を見せつけられる。

（落ち込んでどうする。私ひとりでもやってみせなきゃ）

エスメは自《みずか》らをふるいたたせた。

「たとえすでに道がひらかれていたとしても、医師と物資が必要なことには変わらないはず。しっかりと送り届けよう」

ベンジャミンの言葉に一同はうなずいた。雪をかき分けながらの行進とならなかったことはもっけの幸いだ。体力を温存したまま活動に臨《のぞ》める。

イザラムでは家屋が次々と雪で潰れ、下敷きになった村人たちが大勢いるという。怪我人はもちろんだが、風や雪をしのぐ家を失った者たちは長時間屋外で過ごすことを余儀なくされ、命の危機に晒されているはずだ。すぐに救援活動に入れるなら好都合である。

ほどなくして、サミュエルが足を止めた。

彼の視線の先――道の向こうに、青い旗がひるがえっている。

「どういうことだ」

彼は駆けだした。間違いない。ベルトラムの紋章を縫い取った青旗である。これはアルバート率いる青の陣営が掲《かか》げるものだ。

「兄さまが動いたのか？」

イザラムの村では、すでに軍人たちが忙しくたち働いていた。

避難所が設営され、炊き出しが行われ、村人たちには毛布が配布されている。

サミュエルは言葉を失った。

軍人たちのうちひとりが、はためく緑の旗に気がつくと、サミュエルのもとへ跪《ひざまず》いた。

「サミュエル殿下、お待ち申し上げておりました。私は王立騎士団第十五部隊のネイト・ヒルと申します。緊急派遣の任を受け、イザラム地方へ騎士団の十五・十六部隊が参りました。すでに物資の配布、怪我人の応急手当てなどは終えております」

「これはどういうことだ」

「緑の陣営の到着までこちらで待つようにと……ガーディナー公爵《こうしゃく》のご指示で……」

アルバートの王杖のウィル・ガーディナーが動いている。つまりはアルバートの命令である。

先んじて到着した彼らは、すでに救援活動を行っていた。サミュエルに伝達のひとつもよこすことなく。

「なぜ我々に連絡をよこさなかったのか？　青の陣営が先に来ているとわかっていればこちらも連携の取りようがあったのだが」

ベンジャミンの言葉に、ネイトは困惑している。すでに上層部で話がついているものだと思っていたらしい。

言いよどむ彼に、サミュエルは声を荒らげる。

「この地域は我々の管轄《かんかつ》だ。ひとつところに人員が集まりすぎては意味がないだろう」

「申し訳ございません。なにか行き違いがあったようで……」

「お前たちは隣村の様子を見てこい」

サミュエルの命令に、軍人たちはあわてて荷造りをはじめる。

青の陣営の軍人たちは、追われるようにして次の村へと出立することになった。

村人たちは、後から到着したかと思えば、救援にあたっていた青の陣営を追い出すサミュエル一行をうろんな目で見ている。彼らの視線の厳しさに、エスメは思わずたじろいだのだった。


「お疲れ様です。少し火にあたりませんか」

休憩時間となり、エスメは腰をおろした。村の外れに建てられた緑の陣営の詰め所には、多くの傭兵や医師たちが集まっている。

体格のいい男たちは建物の修繕作業にあてられたが、小柄なエスメは医師の手伝いとしてほうぼうをまわっていた。

「ありがとうございます。それでは少しだけ」

同じ医療班にまわされたロバートという男は気が弱そうで、寒がりなのか屋内に入っても目だけ残して顔を厚地の布で覆《おお》っていた。しかし言葉づかいや物腰は謙虚で仕事ぶりにも無駄がなく、エスメは彼と組んでの医療活動が苦にならなかったのだ。

詰め所は人がいっぱいだったので、エスメは仕方なく建物の裏手でたき火をしていた。

「慣れていらっしゃるんですね。手早く火を熾《おこ》されて」

「昔から山にはよく入っていたんです。といっても、夏場ですけれど。兄がズボンをまくりあげて川魚を獲《と》ってくれました。服を乾かすのはいつも私の役目」

少しでも食事を豪勢にしたくて、双子は村の子どもたちと山に入った。リスやウサギを狩ったり、木の実を拾ったり。あのときの経験が今役に立つとは。

ロバートは目を細めて、小さなたき火を見つめていた。それが風でかき消えそうになると腰を浮かせたが、エスメは「大丈夫」と声をかける。

「ほら、風を受けてさらに燃え上がった。休憩時間の間は持つはずですよ」

「情けない。つい最近まで、自分で火など熾したことはありませんでした。すべて使用人にまかせて……」

エスメはけげんな顔をした。

「失礼、フレデリックに雇われているのでは？」

使用人を雇えるということは、彼は裕福なはずである。こんなところで命を危険に晒してフレデリックに顎《あご》で使われる必要はない。

　男は苦笑した。

「ええ。私財をすべて売り払い、爵位も売ってしまったのです。今はただの傭兵です」

ということは、以前は貴族であったということだ。エスメは目を丸くした。

「そんなことが可能なんですか？」

　彼は迷ったようにしてから言った。

「占い師、ノアをご存じですか？」

　エスメは左右や背後をよく確認してから、小声で言った。

「あの……王太后さまの専属の星読みだという？」

　それ以外にも、大きな声では言えない噂《うわさ》はいくつもあったが、今ここで口にすることではない。

　ロバートはうなずいた。

「そうです。彼が、我々のような力のない貴族に莫大《ばくだい》な金を積むかわりに、爵位を買い取るのです。所有していた領地や家名などすべて――地位や土地はもちろん、徴税の権利のいっさいにいたるまで、ノアの自由にできるよう、書き換えてしまう。資産よりも借金の方が多い者たちが大半です。身分を手放すだけで、十分すぎる資金と新しい人生が手に入る。取引が成立すれば、ノアはその爵位を彼の配下の者に与えるのだと……」

「そんなことが……？　王太后さまの名のもとに行われていると……？」

緑の陣営の中には、このノアの息のかかった貴族たちが議席の多くを占めていたが、彼らのほとんどは買い取った家名を名乗っているだけ。自分のものとなった領地に足を運んだこともない者が大半だという。

それであの議会のやる気のなさか。エスメはようやく納得した。

「あなたは、どうしてノアに爵位を売ってしまったのですか？」

「……食うに困って……自分が無理して家柄にしがみついているよりは、王太后さまにお任せしてしまったほうが、領民のためにも良いと思ったのです。父の代ですでにかたむいていた財政を、私の力で立て直そうとすることは、奇跡が起きでもしないかぎり無理だったのです。ノアからの呼びかけは、私にとっての奇跡だと思いました」

ロバートは、以前まで使っていた名前を捨てた。年老いた母を連れてイルバスの東のはずれに逃げるようにして移り住み、かつての領地から遠く離れた村で、教師をしながらひっそりと暮らすことにした。母ははじめ嘆《なげ》き悲しんでいたが、気立ての良い村娘が嫁にやってきて、家の中は明るくなった。もうすぐ子どもも生まれるのだという。

まともに労働をしたことのない彼は、周囲の人たちに助けられながら生活をしているらしい。未《いま》だに生活の基本である火熾しは苦手で、妻の方がよほど暖炉の世話が上手なのだという。

「子どもが生まれるとわかったときから、自分が貴族であったことは忘れようとしました。……しかし、イザラムがこの厳しい寒さの中孤立したと聞いて、いてもたってもいられなくなった」

「では、この村は……」

「かつての私の領地です」

ロバートはごく小さな声で、そうつぶやいた。

エスメは息をのんだ。

だから、顔を隠しているのか。領民たちに正体がわからないように。

「もともとイザラムは、寒村ではありましたが、大雪に対抗するすべは十分に持っていたはずなのです。雪の重みで潰れてしまうぐらい傷《いた》んだ建物の修繕もできないほど、追い詰められていたとは……必要以上に税をしぼりとられているとしか考えられない。ここに来てそれを確信しました。冬を越すだけの食糧の蓄えもありませんでしたし……」

ロバートはこぶしをにぎりしめる。

「今更虫が良いとわかっています。私は領民を捨てたのですから。新しい領主に文句を言える筋合いなどないのです。ですが、イザラムの村人に堂々と顔を見せることはかなわなくとも、せめて物資を運ぶことだけは手伝いたかったのです。モリス卿《きょう》の傭兵に志願したのはこのため」

「ロバートさん……」

エスメも似たような立場である。財政はかつかつで火の車、アシュレイル家のもとで領民は幸せに暮らせるのか、自信が持てないでいる。

（同じ話があったら、父さまはノアの話に乗るかもしれない）

ノアに土地や領民を任せることは、イザベラ王太后に任せることと同義――そう考えて、安心してしまうかもしれない。考えることをすべて放棄して。

「あなたは、私のようにならないでください。アシュレイル卿」

「……はい」

休憩時間が終わる。たき火の始末をしながら、エスメは考える。

占い師ノア。爵位を集め、自らの配下にそれを与える。しかし彼に奪い取られた土地や民は、悪政のもと苦しめられ続ける――。

イザラムで、緑の陣営の一行はけして歓迎されていなかった。エスメは村人たちと関わり合いながら、それを肌で感じ取っていた。彼らにとって救世主はアルバート国王がよこした軍人であり、彼らが背負っていたのはベアトリス女王が開発した缶詰だった。緑の陣営は後からのこのこと、彼らが雪をかき分けた道をたどってやってきて、手柄を横取りしようとしているようにさえ見えるだろう。

（おまけに税金は、ロバートさんが領主をしていたときよりも厳しく徴収されている。悪

感情を抱かないはずがない）

そもそも助けを呼ぶようなはめになったのは、集めた税金が建物の修繕や食糧の備蓄に使われなかったからだ。正しい統治が行われていないのは明白である。

――この救援活動が、なにごともなく終わってくれれば良いのだが。

燃えかすをしっかり雪の中に埋めてしまうと、エスメは立ち上がった。

当初の予定通り、病人や怪我人はひと足早くサミュエルの率いる隊と共に下山することになった。サミュエル、ベンジャミン、エスメ、フレデリックはこの隊に加わり、怪我人の搬送を担当した。青の陣営が道をならしてくれていたおかげで、橇は無事に通れそうであった。橇に蠟《ろう》を塗ってすべりを良くし、怪我人を乗せる。人を運ぶとなると荷はほとんど積め込めなかった。

「物資は村に置いていきましょう。ふもとの町までたどり着ければ事足りますから」

フレデリックの言葉に、一同はうなずいた。最低限の品だけをたずさえ、イザラムを出る。土地勘のあるロバートが案内役をつとめ、エスメは兵たちと共に橇を引いた。運良く太陽があらわれ、今のうちに少しでも進んでおかなくてはと、全員必死に足を動かした。

しかし、村を出てしばらくしてから、分厚い雲が天を覆うようになった。

「カンテラを灯《とも》せ」

昼間だというのに、たちまちあたりは暗くなった。

ほどなくして、橇を動かすこともできなくなった。吹雪がふきつけはじめたのだ。

動けない怪我人のために薄い毛布をかけてやったが、すぐにぱりぱりと固まってしまった。

視界は灰色と白に染まり、前を歩く仲間の姿すらおぼつかなくなる。

（危険だ）

頭の中で警鐘《けいしょう》が鳴った。このまま進めば危険だ。視界が閉ざされてしまう。

足の底から凍り付くような寒さが、ぞくぞくとかけのぼってくる。

顔にふきかかる雪の冷たさは、針で刺されたかのような痛みをともなった。

「ひとまず吹雪がやむまで様子を見ましょう。あちらに森があります、薪《まき》を燃やして暖をとりましょう」

ロバートの言葉に、サミュエルは迷っていたようだが承諾《しょうだく》した。吹雪は勢いを増してゆく。装備品を置いてきたことを、全員がくやんだ。長い休憩を取るつもりはなかったので、それぞれが簡単な携行食しか持ち合わせていない。

「……軍人たちさえいてくれれば」

「村にいたほうがよかった」

「青の陣営に任せたままだったら、助かったかもしれないのに」

村人たちは口々に不安をうったえはじめた。やがてそれはすすり泣きに変わったが、吹雪がうなっているのか、人が嗚咽《おえつ》をもらしているのかは、もはや区別が付かなかった。

厳しい山村で暮らしている彼らは、この天候がいかに危険であるかを理解している。青の陣営がひらいた道は、すぐにでも雪で埋もれてしまうだろう。

（火を、火を……）

エスメは火打ち石を取り出すが、手がかじかんで動かない。

「なにやってるんだ、げっぷ野郎」

フレデリックはエスメから火打ち石を取り上げ、火種を落とした。

強風を背でかばい、なんとか小さな火を育てる。

火打ち石を投げて寄越され、エスメはあわてて受け取った。

「ありがとう」

「もたもたしてるんじゃねえぞ。死体になっても俺は運んでやらないからな」

フレデリックは嫌な奴だったが、このときばかりは感謝した。

「交代だ。先ほど橇を引いていた者。内側へ。凍傷の兆候があったらすぐに報告しなさい」

ベンジャミンの指示で、エスメたちは怪我人たちと共に火のそばへ寄ることができた。

体が暖まり、ぞくぞくとした感覚がやわらいでくる。背中を火の方に向けて、エスメは両膝《ひざ》をかかえこんだ。

——どうするんだろう、これから。

現在の位置はロバートが正確に把握しているはずだが、あたり一面が真っ白に染まっては少しの進路のズレでも遭難を引き起こしかねない。

吹雪がやまなければ露営か？　そんな装備は持ってきていない。

「コンパスの針が動かない」

サミュエルが手元を見て舌打ちをする。全員がコンパスを確認した。結露による水分が凍り付いて、針が動かなくなったのだ。こうなってはコンパスをあてに下山することもできなくなった。

ひときわ強い風が吹き、たき火がかき消された。

兵たちはまだ手の感覚が残っているうちに、火打ち石をぶつけあっている。

エスメは焦《あせ》りをおぼえた。このまま全滅するのではないか。吹雪はいつまで続く？　ふもとで待っている後続部隊が探しに来てくれるのを待つしかないのか？

（だめだ。焦ったらだめだ。考えるんだ。そうだ、火をまた熾さないと……）

エスメがたき火の前にしゃがみこんだ、そのときであった。

ひとりの男が、低くうなったのである。

「……誰のせいでこうなったんだ」

息子に付き添って降りてきた男だった。高熱が出たまま、子どもはいっこうに回復しない。雪で潰された家屋の下敷きになった少年は、救出されたものの傷口が腫《は》れ上がり熱が引かず、一刻も早く町の大きな病院へ運び込まなくてはならなかった。

「俺は無理して下山することはないと何度も話をしたよな。医者を置いてくれれば良いと。それなのにお前たちが息子を強引に橇に乗せたんだ」

エスメはあわてて男をなだめにかかった。

「薬がすぐに底をつきそうだったのです。ふもとの病院は設備も整っていますし、息子さんはあちこちの傷が化膿《かのう》していて危険な状態でした。だから――」

「今死にかけているんだぞ、俺の息子は‼」

男はサミュエルをにらみつける。

「お前はなんだ、後からやってきて引っかき回しやがって。緑の陣営など来ない方がよほど安心だったのに」

「なにを……」

「ここにいる連中、全員死ぬぞ。こんな猛吹雪、人間が敵《かな》うものじゃない。そもそも村がこうなったのは、家を直す金も残らないほど税金をまきあげたお前たちのせいじゃないか。俺たちは凍死か餓死か、選べるのはどちらかだけだ。――お前などに、統治されなければ！」

今にも殴りかかりそうな男に、ベンジャミンは叫んだ。

「王子を警護‼」

緑の陣営の者たちは、サミュエルの周りを囲んだ。剣を引き抜き、男につきつける。村人たちは一瞬ひるんだが、それでも口々に怨嗟《えんさ》の言葉を漏《も》らし始めた。

はりつめたような緊張が、一同の中に広がった。

――雪だ。この雪が、人をくるわせる。

とても一緒には行動できない。互いに反目しあい、いつ火がつくかわかったものではない。

エスメはレイピアを手にしていたが、できれば使いたくはなかった。ここで剣をふるえばどうなるか。いよいよ歯止めがきかなくなる。ますますこの吹雪のいいようにされてしまう。

「……みな、落ち着いてほしい。必ず君たちをふもとまで送り届ける」

そのとき、ひとりの男が進み出た。

ロバートであった。

顔の布をはずし、その容貌をあらわにする。村人たちは驚愕《きょうがく》の表情を浮かべていた。

「あんた……サミュエル殿下にクビにされたって聞いたが……」

「違うんだ。それは事実ではない。僕は……この村を見捨てたんだ……すまない……こんなことになったのは、僕のせいだ……」

うずくまるロバートに、村人たちはかけよった。

橇に横たわって動けない少年ですら、けんめいに頭をあげて、ロバートの顔を見ようとしている。

サミュエルはくちびるをかみしめて、その様子を見ている。

王都からはるばる彼らを助けに来て、拒絶された。それはサミュエルの心に深い傷をもたらしたはずだ。彼らが救いをもとめているのは、青の陣営であり、いなくなった領主であり、サミュエルではないのである。

「サミュエル殿下。別行動を」

ベンジャミンは提案する。

「こうなっては青の陣営に救援を求めるほかないだろう。ロバートに案内役をまかせ、イザラムの隣村カラウへ向かうといい。私はここに残ることにしよう」

カラウは現在、ネイト・ヒル率いる青の陣営が救援活動をしている場所である。

「ピアス、だが」

「殿下がここにいては危険だ。村人たちは殿下に良い印象を持っていない。幸いあのロバートは村人の信頼を得ている。殿下と緑の陣営の者たちだけで行動するよりは、ロバートを連れていった方が身は安全になるはずだ」

ロバートは、領主であったころは民に好かれていた様子である。彼なら村人たちを落ち着かせ、サミュエルの盾《たて》となれる。ベンジャミンは、サミュエルからロバートを離すべきではないと判断したのだろう。

「俺もお供します。ロバートを雇ったのは俺ですから」

ロバートがイザラムの領主であったことを知り、驚いた様子のフレデリックであったが、彼を連れてきたことが自分の手柄であると主張するのは忘れなかった。

「クリス・アシュレイル。この隊に加わりなさい」

「ピアス先生」

「山に慣れた君なら、万一露営となってもあわてずに冷静な判断ができるはずだ」

先ほど取り乱しかけていた自分を叱咤《しった》する言葉だった。エスメはうなずいた。

「……はい。サミュエル殿下をお支えいたします」

「幸運を祈る」

いっとう冷たい風が吹きすさぶ。アンが高い声をあげ、自分の位置を知らせた。サミュエルにぴったりとくっついて、主人の居場所を教えている。

サミュエルはカンテラを揺らし、村人たちに宣言した。

しぼりだすような声だった。

「……お前たちが、僕をどう思っているかはよくわかった」

彼らは固唾《かたず》を呑んで、王子の次の言葉を待った。

「そんなに望むのなら、ここに青の陣営を呼んできてやる。待っているがいい」

「サミュエル殿下……」

「行くぞ」

エスメたちは荷を背負い、王子のあとに続いた。互いの体をロープでつなぎ、その存在を確かめ合った。

コンパスは使いものにならず、頼りになるのはロバートの記憶だけ。それでも足並みを揃《そろ》えて、たった四人と一匹の部隊は、救援を求めて歩みを進めたのである。

＊

「これ以上は進めません」

フレデリックが口惜《くちお》しそうに言った。

エスメは言葉をのみこんでいた。あてどもなく続く道を歩いているように思えたが、ロバートの道案内は正しかった。それが皮肉な形で証明された。

橋が崩落していたのである。

「ここを渡れば、カラウ村だったのですよね」

老朽化《ろうきゆうか》した橋は雪で押しつぶされてしまったようだ。急流の川は水しぶきをあげていたが、水温はおそろしく低く、泳いで渡るのは現実的ではない。

「どうします。引き返しますか」

引き返す──一同の心が暗くなる。

このまま救援も呼べずにのこのこひき返せば、村人との衝突は避けられない。

「ロバート。他に道はあるのか」

サミュエルが声をかけたが、ロバートは反応しない。そのままずるずると座り込んでしまった。

「おい！」

エスメは彼にかけよって、額《ひたい》に手を当てる。ひどい熱だ。今まで無理を押していたのか。

「道が消えてる……」

吹雪が四人と一匹の足跡をたちまちに消してしまう。エスメはくちびるをかんだ。

どうする。コンパスは使えない。案内人は動けなくなった。橋は壊れて先に進めない。

絶体絶命だ。アンが不安そうに鼻を鳴らす。

死の足音が、確実にしのびよっていた。

全滅するかもしれない。

風にあおられ、カンテラが揺れる。

この火とて、どこまで持つかわからない。

──終わりだ。

誰しもがそう思った。自分たちは生き残れない。

サミュエルがカンテラを落とした。がしゃりと音がして、わずかな明かりを覆い隠すように、粉雪がみるみる積もっていった。

サミュエルは、地を這《は》うような声で笑いだした。

フレデリックとエスメは、ぎょっとして彼の方を見た。サミュエルはひとしきり笑うと、叫ぶようにして言った。

「いつもこうだ‼ 僕がなにかをするたびにすべてがうまくいかなくなる‼」

「サミュエル殿下」

「姉さまもリルベクも手に入らなかった。母さまは僕から王冠を取り上げようとする。不吉な王になると言って──その通りだ、国璽を持っても役立たずだ。この集落の人間は僕を恨《うら》んでる‼」

「落ち着いてください」

フレデリックがサミュエルをおさえようとするが、彼は止まらない。足元の雪をつかむと、それをフレデリックに投げつける。

「どいつもこいつも、僕を認めようとしない‼ いつだって奴らが求めるのは兄さまか姉さまだ！　同じきょうだいなのに、なぜここまで差が生まれるんだよ‼」

「殿下」

べしゃりと音がして、雪玉がフレデリックの肩に当たった。

「……お前たちは、後悔しているだろう。僕と共に来たことを。なにもかも悪い方に転がってゆく。僕は呪われているんだ」

「そのようなことは……」

「黙れ。口ばかりのなぐさめなどもうたくさんだ！」

サミュエルは、本当はあのとき叫びだしたかったのだ。村人から拒絶された、あのときに。

それでも耐えた。くじけず進んだ。だがここにきての行き止まりだ。助けを呼びに行くどころか、このままでは遭難である。全員凍死する運命だ。錯乱しても仕方がない。

サミュエルは膝をついた。フレデリックは彼を支え、蒼白になる。

「殿下も熱がある」

「興奮したのはそのせいか」

体の弱いサミュエルがろくな装備もなく耐えられていたのが不思議なくらいだった。緊張の糸が限界まで張り詰めていたのだろう。

あの強気なフレデリックが、らしくもなく不安そうな顔をしている。

エスメは深く息をすいこんだ。肺まで凍り付きそうな冷気が体に流れ込んでくる。

……だめだ。思考を放棄したら負ける。

これは自然との勝負だ。勝ち目のない勝負になったが、まだ負けると決まったわけじゃない。でもここであきらめたら負けは確定なんだ。

エスメはこぶしをにぎりしめてから、またひらいた。大丈夫、動く。火はまだ熾せる。

(どうせなら、やることやってから負けよう)

自分の命の灯火《ともしび》が消えかけていることがわかってから、エスメの頭の中は冴《さ》え渡っていた。生存のために使えるけして強くない手札を、彼女は脳内で次々とめくりだした。

ロバートをかつぐと、エスメはあたりを見渡した。彼のためによりかかれるものが必要だった。重たかったが、歯を食いしばった。こんなところで泣き言を漏らしたって、誰かが聞いてくれるわけではない。

大きな木の下までロバートを運ぶ。エスメが雪をかきはじめると、フレデリックも手伝った。幸いなことに木の風下側はそれほどひどく積雪していなかった。地面が顔を出すと、エスメはほっと息をつく。

フレデリックもエスメにならい、サミュエルを大木にもたれかからせる。アンは熱を出したふたりの間に、もふりと収まった。

「ありがとう、アン。殿下とロバートをできるだけあたためてあげて」

「どうする気だ」

フレデリックはまだ動ける。エスメはうなずいた。

「薪を集めて。できるだけ多く。でも遠くまで行かないで。視界がはっきりとするまでこの付近から離れない方がいい」

「しかし、残してきた村人たちのことを考えると、もたもたしてられないぞ」

「わかってる。けどふたりを抱えて僕たちだけで引き返すのは現実的じゃない。どのみちあっちに合流しても助かる方法はないんだし」

「もう十分現実的じゃないだろ」

フレデリックは吐き捨てるように言う。

「……そうだね」

この白一色の景色は、すでに死後の世界のようだ。魂だけが浮遊しているかのように、体がふわふわと頼りない。空も地面もいっしょくたになり、真っ白な紙の上を歩いているかのよう。

ここで立ち止まったら終わりだ。自分たちも、置いてきたイザラムの人々も。

兄と入れ替わると決めた時点で、エスメは前へ進むと決めたのだ。

「嘆いて助けを待つだけの日々は、もうおしまいにしたから」

フレデリックにそう言うと、彼女は森の中を歩き始めた。

＊

……あたたかい。

ぱちぱちと、爆ぜる火の音がする。

いつの間にか眠っていたらしい。サミュエルは緩慢《かんまん》に体を起こした。

割れそうなほど頭が痛かった。体がだるく、力が入らない。高熱が出ているな、とどこか他人事《ひとごと》のように思った。生きて目を覚ませただけ僥倖《ぎょうこう》か。

あたりは暗かった。アンがぶるぶると震えている。

「あの男は」

火のそばで、ロバートは寝かされていた。胸が上下している。サミュエルは安堵《あんど》した。

案内人として活躍した男は、かつてのイザラムの領主であった。こんなところで会えるとは思わなかった。まさかフレデリックに雇われてこの救援部隊に参加していたとは。

――爵位の売買の件は、サミュエルが以前から追いかけていた案件である。どの領主も、その地位につくのに金銭の授受があったとは、けしてみとめなかった。ノアが爵位を斡旋《あっせん》したと思われる者たちは、そろってとらえどころがない。王太后の後ろ盾がなければ、サミュエルが自らの陣営に入れようとすら思えないような男たちばかりである。

ノアやイザベラからどのような話があったのか、領地を去った者たちに話を聞きたい――……そう思っていたが、彼らの行方《ゆくえ》はつかめなかった。巧妙に隠されているのだ、あの黒い占い師に。

（今見つけたところで、僕は王宮に帰れるのかどうか……）

せめてベンジャミンたちを後続部隊が保護してくれれば、村人たちは助かる。残してきたあの子どもを助けたい気持ちは、サミュエルの中にまちがいなくあったのだ。だからこそ、侮辱《ぶじょく》されても青の陣営を頼ると決めた。あの場に自分が残っても、つまらぬいさかいを生むだけだったから。

サミュエルの気持ちは、みじんも村人たちに伝わっていなかったようだが。

――僕が死んだら、どれくらいの人が泣いてくれるんだろう。

母さまはひどく哀《かな》しむだろう。姉さまは……僕に国璽を持たせたことを、ずっと気に病《や》むかもしれない。兄さまは、どうかな。僕のことをいつも邪魔者扱いしてきたけど、僕が死ぬことは望んでいない気がする。ピアスは僕の温室を受け継いで、きっと毎年僕の命日に薔薇を捧《ささ》げてくれると思う。ピアスが助かってくれないと困る。赤の陣営の人的財産を犬死にさせたら、姉さまに申し訳がたたない。

それくらいか。

僕の築いてきた人間関係なんて、そんなものだな。ルークもいなくなったし。

なんて薄っぺらい。これではあの村人たちが怒るのも無理はない。僕の歴史に、この国で生きる人々が、まったくと言っていいほどかかわっていない。十七年の人生、ほとんどが熱を出して寝付いていた。もう十分寝ていたというのに、まだ起き上がることができないのか。我ながら情けなくて笑えてくる。

アンが鼻で鳴く。

「ああ、忘れていたな。お前がいたよな――……」

アンは生きられるだろうか。寒さに強い犬だからしばらくは大丈夫だろうが、食べ物がとれなければ死んでしまう。かわいそうに、王宮に置いてくればよかった。

ここはまるで廃墟だ。星すら見えない。

サミュエルというひとりの王は、誕生することなくこの地で消えるのだ。

サミュエルは耳をすませた。

なにかを殴りつけるような音が、かすかに聞こえている。

だんだんと頭が冴えてきた。ここにいたのは四人だったはずだ。残り二人はどうした。まさか死んだのか？　ではこのたき火はいったい誰が世話していたんだ？

「殿下、お目覚めでしたか」

フレデリックが小枝をぱきぱきと折って、火に投げ入れた。

サミュエルはほっとした。

「もうひとりのチビはどうした」

「あちらです」

フレデリックが指さすほうに目をやると、クリス・アシュレイルは懸命にレイピアを木につきたてている。

「頭がおかしくなったのか」

「いや。橋をつくるんだそうですよ」

「は？」

「橋をかけて、あちらに渡るんだそうです。俺も手伝わされてます。交代で火の番をして、片方があああして木を切って、向こう岸に渡すんだそうで」

「あの装備でそれができると思っているのか」

先ほどからクリスは幹に傷をつけるだけで、切り倒すことなどできそうもない。あんなに細い剣ではそれが当たり前である。無駄に切っ先をつぶすだけだ。

「無理でしょうね。かといって強引には切りつけられません。俺の剣ですら折れてしまいましたし」

フレデリックは枝をもうひとつかみ、火の中に投げ込んだ。

「仕方がありません。ここで黙って助けを待っているだけでは頭がどうにかなりかねないので。夜明けまで持ちこたえるにはこれが一番だと、俺も納得することにしました」

——橋をかければ助かる。自らにそう目標をかかげることによって、正気を保とうとしているのか。

来るという確証のない救援を待ち続ける苦しみが耐えがたいという気持ちはわかるが、体力が尽きるのが先だろう。

サミュエルは立ち上がり、力いっぱい木につきかかるクリスに声をかける。

「もうやめておけ。体力を消耗するだけだ」

「殿下、もう起き上がってよろしいんですか」

「その細い剣ではどうにもできない」

「見てください。何度も同じ所を傷つけるうちに、こんなに深くくぼみを入れられたんですよ」

彼はうれしそうに、ラーチの木を指さす。

サミュエルは面食らった。とっくにおかしくなっているのかと思ったが、クリスの瞳は澄んでいて、まっすぐに彼を見返している。

どうして、なにもしようとしない？

彼はなにも言っていないのに、そう問われているような気がして、サミュエルはかっとなった。

サミュエルは声を震わせる。

「……どうして、あきらめないんだよ」

　クリスの腕をとって、剣を捨てさせる。彼はぽかんとした顔でサミュエルを見ている。

「こんなことやっても無駄だ。もうおしまいだろう。生きて戻れる可能性はない。あがいたって、良い結果にはならない。こんなに夜も更《ふ》けて、露営の装備だってない。助かる見込みなんて――」

「見込みとか、可能性とかは関係ありません。あがきたいんです」

　彼はきっぱりと言ってから、ラーチの傷にふれた。

「はじめ……なんで自分がこんな目に遭《あ》うのかなと思いました。感謝されたくてここに来たわけじゃないけど、イザラムの人たちの視線はつき刺すようだし、しまいにはこんな風に吹雪に呑まれて。なにもかもふんだりけったりですよ。殿下の言うとおり、たぶん私たちは助からないんでしょう。ああ、私の人生も短かったな、なんて」

「……」

「そしたら、私は何も成し遂げていないことに気がついたんです。故郷のスタークも貧しいままだし、イモは満足に育てられなかったし、この救援活動も中途半端だったなって。潰れた家も直してあげたかったし、村に残してきた人たちのために、もっと薬を作ってあげたかった。やりたいこともたくさんあって、それも全部この雪に呑まれてしまう。なんか、腹が立ちますよね」

彼はレイピアを拾い上げ、ラーチにつきさした。

「私は冬の暴威の前に身を隠すのではなく、戦えるようになりたいんです。そのためなら、たとえ可能性がなくたって動いていたい。殿下だって同じ気持ちのはず」

「それは」

「私はあがきたい。誰の命もあきらめたくない。強欲にすべてを救いたい」

むりだろ、そんなの。

言えなかった。誰も彼を止めることができなかった。その不屈の闘志は、この雪山であまりにもまぶしすぎた。

なんでこいつは、自分が救える側の人間だと思ってるんだ。

否定されるとは、みじんも思っていないのか？

（僕は……今まで否定されてばかりだった）

運がなかった。やっぱり自分はだめなんだ。病気ばかりしているし、長男でもない。半端に生まれた三番目。厳しい評価はいやというほど浴びてきた。批判されて不運を嘆くのはあまりにも簡単で、サミュエルはいつもその甘い毒を口に含んでいた。

なにかに失敗すればそれは無意味だったと、感情を持たないようにする。薔薇を剪定《せんてい》するように、未来の選択肢を切り落としてゆく。

はさみでぱちんと、少しずつ。枯れた薔薇は他人のせいにして。

優秀すぎる兄姉がいたがために、サミュエルはいつも二人を見上げているだけだった。円卓に座るには、王たちの視線は同じ高さでなくてはいけないのに。

三人のきょうだいの中で、誰からも期待されていなかった。

だから姉を欲《ほっ》した。彼女が自分の陣営に入れば、サミュエルの価値は上がるはずだった。裏を返せば、それだけ自分に自信を持てなかった。

誰かのせいにしていれば楽だったが、自分のせいにすることはもっと楽だった。

自らに流れるベルトラムの血の可能性を否定してきたのは、いったい誰だったのか？

「殿下は横になっていてください。もう少ししたらフレデリックと交代します」

「今更僕が横になったところで」

「殿下になにかあったら私とフレデリックの士気が下がります。殿下の命を守ることが、私たちの命を……精神を守ることです。この局面で取り乱したりしたら一番まずいので」

「そこまでしてなぜ僕を守ろうとする」

「あなたはこの陰鬱《いんうつ》とした地を変える、太陽の血を受け継いでいるから。それが私たちの原動力になっているんです」

頬を打たれたような気持ちだった。

サミュエルが信じていなかったサミュエル自身の力を、この男は純粋に信じていた。

「お前、バカだろ。村人とのやりとりを見てなかったのかよ。あいつらは僕に期待なんてしてなかった」

「そうですね。でも殿下は、それを受け入れて、こうして進んできたじゃないですか」

「は……？　だって、そうするしかないだろ」

「殿下。ベルトラム王家には幸福も不幸も知った上で、歩き続ける力があるんでしょう」

サミュエルは、はっとした。

ベルトラム王家に伝わるその逸話《いつわ》は、イルバスではあまりにも有名だった。

かつてアデール女王がさまざまな問題に直面し、くじけそうになっていた時、王配《おうはい》エタンは彼女をそう励ましていたのだという。

幸福も不幸も知ったうえで歩き続けるベルトラムの力が、あなたにはあると――。

「私、あのとき思ったんです。ああ、やっぱり殿下はアデール女王の血を受け継いでいるんだって。村人からの言葉に、私たちは傷つきました。でも殿下は、私たちが嘆いたり傷つけ合ったりする前に、歩き出した。殿下が歩き出したなら、私たちはその背中を追いかけてついていける」

「それは……」

ピアスに言われたから。別行動をしろと。

サミュエルは言葉をのみこんだ。彼に構わず、クリスは続けた。

「だから殿下の行く道を照らすのは、私たち臣下の役割なんですよ」

クリス・アシュレイルは自分の選択に意味を与え、運命に抗《あらが》い続けている。

僕はいつからこんな目をしなくなったのだろう。純粋に、強烈に、クリスはベルトラムの力を信じている。

ずっと、強い王になりたかった。

アルバートのような、圧倒的な王ではなく。

ベアトリスのような、凜《りん》とした女王でもない。

僕のなりたい『嵐』の姿は――……。

『イルバスの王は、寒さに弱くてはつとまらない』

いつかアルバートに言われたことを、心の内で繰り返す。

凍り付くような世界の中でも、心の内の嵐はやむことはない。

僕は嵐になる。嫌いな奴をすべてなぎ倒す嵐に。

――吹雪だって、なぎ倒してみせる。

もう自分の行動の意味を、みずから奪ったりはしない。

「貸せ。交代だ」

「殿下」

「僕がやる。お前は火にあたって休んでいろ」

「でも、こんなことやっても無駄だって……」

「それは僕が決めることだ」

あとは天の判断に委《ゆだ》ねよう。

ものごとが無意味だったかどうかなんて、結局神にしかわからないのだ。

サミュエルは力いっぱいレイピアを木の幹につきたてた。ラーチの傷は深くなっていった。手がかじかんで動かなくなると、ふたりはフレデリックと交代して、火にあたった。

「殿下、良かったら召し上がってください」

クリスがコートの下から取り出したのは、焼き菓子だった。

びっしりとベリーが詰まっている。普段のサミュエルなら絶対に口にしないものだった。イチゴやベリーはサミュエルが嫌いな食べ物のひとつだ。

だが、サミュエルはそれを手に取った。動いたので腹がすいていた。食べたところで明日の命も知れないのに。わかっていたが、ひとまずのところサミュエルにはそれが必要だった。なにせまだ、ラーチの木を倒せていない。

バターを節約したのだろう。菓子は口の中でぼろぼろと崩れて、しつこい酸味が広がった。ぱさぱさに乾いている。サミュエルはこれほど貧相な菓子を食べたのは初めてだった。口内の水分が奪われるのに、水筒の水はあとわずかだ。

「まずい。これが人生最後の食事か。最悪だな」

「ひどいですね。うちの従僕の手作りなのに」

クリスは心外そうにしている。

「うちのレギーが一生懸命焼いたお菓子を、まずいなんて言わないでください」

「なぜ従僕が菓子など焼くんだ」

「料理人が逃げ出したもので」

クリスは憮然《ぶぜん》としている。貴重な食糧を分け与えたというのに、サミュエルが味に文句をつけたので、怒っているのだろう。

「……だったら、次の機会があったなら、ベリーは入れるなと従僕に言っておけ」

悪かったな、と思いつつそう言って、サミュエルは菓子を飲み下した。だがまずいことには変わりなかった。

「食べた。行くぞ。フレデリックも倒れそうだ」

熱のつらさはもう感じなくなっていた。動けなくなってしまう前に、サミュエルはまだ行動したかった。この無謀なチビに感化されて、自分までおかしくなってしまったようだ。

でも、不思議と心地よかった。

ただ目の前にたちはだかる壁に向かって剣をふるうことが、これだけ爽快だということが、今の今までわからなかった。

「殿下、見てください！　幹に穴があきました！」

クリスは興奮した声をあげる。

サミュエルの一撃で、ラーチの幹に風穴があいた。レイピアが刺し貫《つらぬ》いたその穴を、サミュエルはのぞきこんだ。破顔するクリスの顔が見える。

「のんきな奴。笑っていられる状況か。穴があいたって意味ないだろ。切り倒さなくちゃいけないいんだから」

「あ、そうですよね。あはは」

気が抜けたように笑う彼の手袋には、赤黒い血がしみ出していた。

重ねた手袋があのようになるまでレイピアをふるい続けて、平気なはずがない。それでもクリスは愉快そうに笑っている。

「バカ面《づら》だな」

言いながらも、サミュエルもつられて笑みをこぼしていた。

アンが吠えた。けたたましい声が、山に響きわたる。

「明かりが……」

クリスはもつれる足で、崩落した橋のそばにかけよった。

「殿下、明かりが見えます‼」

「幻覚だろ」

「本当です、明かりが見えるんです」

サミュエルは目をしばたたいた。たしかに見える。こんな夜更けに、人が通りかかるなんて。

「集団幻覚か……？」

目元をこすって、サミュエルは興奮するクリスのもとへと歩を進めた。

遭難した者は冷静な判断能力を失って、とんでもない行動に出ることがある。サミュエルは用心深く声をかけた。

「はしゃぐな。イカレて川に飛び込むんじゃないぞ」

「イカレてません。本当に人がいるんですってば」

おおい、と呼びかける声が響く。それにこたえるように、アンが吠え立てる。クリスは腕を大きく振り、ここです、ここにいます！　と叫びだした。

ベルトラムの紋章を縫い取った、青い旗が見えた。

――兄さま。

サミュエルは地面をけった。雪に足を取られても、その歩みを止めなかった。

「ここだ‼　僕はここだ‼」

声を張り上げる。今度こそ、救わねばならない。

西の民は、アルバートやベアトリスの庇護を求めるかもしれない。それが今のサミュエルに対する評価だ。今はそれを受け入れよう。

だがこのまま死んだら、なにも成し遂げられない。誰ひとり助け出せないままこんなところで野垂れ死ぬわけにはいかない。

サミュエルを希望の光とする者がいるかぎり、彼は吹雪に打ち勝つ必要がある。

「助けてくれ‼　仲間が死にかけてる‼　ここだ‼」

この命がまだこの世にとどめられるなら、僕は自らの人生に意味を与えてみせる。

軍人たちは呼びかけた。サミュエル殿下、と。

「サミュエル殿下！　いかがなさいました！」

「イザラムから怪我人を搬送する途中、吹雪にあった。村人は峠付近に足止めされている。重傷者がいる、すぐに救援を」

「かしこまりました！　隊の一部を向かわせます！」

「僕たちよりも、村人の救助を優先しろ。どのみち橋が壊れてそちらに渡れない」

「倒壊した家の木材を運び出しています。この川にわたしましょう。朝まで持ちこたえてください」

クリスは興奮して、サミュエルの手を握りしめた。

「奇跡が起きました！」

「ああ」

粘り勝ちだ。このチビの。あきらめて眠っていたら全員が死んでいた。

ベルトラムの太陽の血を信じ続けた者が、勝利をつかんだのだ。

サミュエルは、ふっきれたように言った。

「お前に感謝する」

クリスの肩を叩くと、驚くほどに頼りなかった。この小さな体で、よくあきらめずにラーチにレイピアをつきたて続けたものだ。すさまじい精神力である。

クリス・アシュレイルは、まるで少女のように、はにかんで笑ったのだった。

＊

──星が変容した。

ノアは目を細めた。消えかけていたサミュエルの星は、再び強く輝き始めた。緑色に光り輝く星の周りには、ひときわ強くまたたく銀の星が寄り添っている。

「ノア、どうなの。サミュエルは無事に帰ってこられるのよね？」

イザベラが不安そうにたずねる。

「アルバートに言って、サミュエルがなにもしなくとも良いように手配したのだもの」

「きっとご無事でしょう」

「よかったわ。私をこんなにひやひやさせるなんて、悪い子。しっかり言って聞かせなくちゃ。早く王都に帰ってきてくれないかしら」

イザベラはサミュエルの肖像画を撫でる。まだ彼が幼いときの姿で、母親のドレスにしがみつく、美貌の少年が描かれていた。

彼女にとってのサミュエルは、ずっとこのときで止まっている。

イザベラは、息子が幼いときのまま、時を止めていてほしいと願っている。

「帰ってくるころには、サミュエルは私の庇護を求めてくれるはずだわ。今は辛《つら》くとも、戴冠してから辛い想いをするよりはよほど良い」

「ええ。サミュエル殿下は、イザラムではけして歓迎されないでしょう。自分は王冠をもてあますだろうと、そうそうに気がつくに違いありません」

サミュエルに挫折《ざせつ》を味わわせるのは、たやすいことだ。

他のきょうだいをうまく使って、サミュエルという王の誕生を、国民が期待しなくなれば良い。

万一のことがあっても、青の陣営の目が光っているならば、民がサミュエルに危害を加えることはないはずである。

そう王太后に助言したのは、ノアだった。

(まさか予想が覆《くつがえ》されるとは)

すべてが順調だった。銀の星がまたたくようになるまでは。

サミュエルの星は変容しやすい。周囲の星の輝きで、いくらでも運命を変えてしまう。

ベルトラム王家の中でも、異質の星を持つ人物である。

ノアは長いこと、人は運命にあらがえないのだと思っていた。定められた命数の前では、人はあまりにも無力であると。しかし、特別な人間には、運命の方をねじふせてしまうほどの力があることがわかった。ベルトラム王家の人間には、特にその傾向が強かった。星読みによると、ひときわ強烈な運命を持ち合わせているのはアルバート、ベアトリス、サミュエルの三人。しかしサミュエルだけは「変化」の星だった。上のふたりは「不変」といってもいいほどの絶対的な力を持ち合わせていたのに対し、サミュエルの運命はころころと定まらなかった。

刻一刻と変化してゆくサミュエルの星に、ノアは夢中になった。

地上から足を引っ張れば、王子はどうなるのだろう。ルークが亡くなったことで、ノアはそれを実行にうつした。

偽者《にせもの》の家臣たちはノアに忠実だった。ノアの機嫌を損《そこ》ねたら失う立場である。その見返りとして、彼らを通じてさまざまなものを手にしてきた。この星読みの力で。

ノアはこれらを手放すつもりはなかった。そのために、自分自身は爵位や領地を求めなかった。あまりに利を追求しすぎては、アルバートやベアトリスに排除されてしまう。あくまで目立たずぎりぎりの範囲で、己《おのれ》の特権を享受《きょうじゅ》してきた。

しかし、今こそ自らの手で運命をたぐりよせる時である。

すべては、サミュエルの運命を、自らの手で操縦するため。

操縦できるということを、証明するために。

それでこそ一級の星読みというものだ。私を詐欺師《さぎし》だとののしった故郷の連中に、目に物をいわせてくれる。

イザベラが甘えた声をあげる。

「サミュエルのために、他にできることはある？　ノア」

「もう一押しが必要でしょう。サミュエル殿下に、悪い星が近づいているようですから――」

イザベラの手を取ると、ノアは甘くささやいた。

＊

エスメはほっと胸をなでおろした。

青の陣営に助けられ、ベンジャミン一行と合流した。下山できたのだ。ひとりの死者も出すことなく。

（一時はどうなることかと思ったけど……）

怪我人たちは後続部隊が引き取り、搬送された。熱を出していた少年も無事である。

「みなさん、ご無事でなによりでした」

ネイトは晴れ晴れとした顔でそう言った。

彼が率いる部隊があの森にいたのは、まったくの偶然であった。ネイトは仕事熱心な軍人で、過酷な環境であればあるほど燃える男であった。

彼が軍人を志《こころざ》したきっかけは、とある騎士に憧《あこが》れたから。

アデール女王時代、女王自身が銃をとって戦った六十年前のリルベク戦。そこで武功をあげたガーディナー伯爵は、現在の青の陣営の王杖、ウィル・ガーディナーの祖父である。いっときは、アデール女王の王配候補となった人物だ。その後も破竹《はちく》の勢いでカスティア軍を破り勝利をもぎとった彼は、イルバスの歴史に名を残す、誉《ほま》れ高い騎士となった。

ネイトは少年の頃から、ガーディナー伯の逸話に夢中だった。彼の孫が王杖になったと聞いたときには、我がことのように喜んだものである。

青の陣営に籍を置いたからには、憧れのガーディナー伯に近づくため。そして現在のガーディナー公の役に立つため。雪山であろうが吹雪の中であろうが、一日たりとも訓練は欠かすつもりはない。

そう誓った彼は、いやがる部下を無理やり引き連れ、倒壊した家の木材の運び出しをかねた夜間の行軍訓練を行っていたのである。

そうしてネイトはけたたましい犬の鳴き声を聞きつけ、それを頼りに進んだ先で、火の明かりを目にした。

結果的にその熱意がエスメたちの命を救ったのだ。エスメはネイトにはもちろん、ガーディナー公にも、彼の祖父にも感謝したい気持ちであった。

医療部隊に保護され、エスメは暖炉の前に座り込んでいた。幸い凍傷もこしらえておらず、低体温症も発症していなかった。女だとばれては大変なので診察は丁重にお断りしたが、ふるまわれたあたたかいスープをすすったとき、じんわりと涙が浮かび上がってきた。

サミュエルは、ロバートと共に別室で手当てを受けている。高熱が出ていたので、しばらく寝込むに違いない。回復すれば、彼は予定通りこのまま王都に帰るだろう。

（私は……生きて戻ってこられたからには、やるべきことをやりたい）

このままスタークに帰っても良いが、なにも得られていない気がする。次の召集まで故郷でじっと待つなんてできない。

「お疲れ様だったね」

隣に腰をかけたのは、ベンジャミンだった。

「よく耐えた。だが診察は受けていきなさい。医師には内密に話を通してある」

「ピアス先生……」

エスメの事情を知っているのは彼だけだ。ベンジャミンは気遣《きづか》うように言う。

「手からも出血していただろう。素人《しろうと》判断で軽傷だとは思わないことだ。凍傷を作っていれば手遅れになるぞ。別室を用意した。しっかり診《み》てもらうんだ」

「ありがとうございます」

お言葉に甘えることにした。エスメが立ち上がると、ベンジャミンはたずねた。

「このあとはどうする気だ？」

「体調に問題がなければ、私はイザラムの救援活動を手伝おうと思っています」

「大変な思いをしたのにか」

「大変な思いをしたから、でしょうか」

救いたい、なんて偉そうなことを言ったけれど、エスメはなにもできなかった。運が良かったから生き残れたものの、そうでなければ今頃凍り付いていたかもしれない。

「いざというときに誰かを助けられるようなすべを身につけたいんです。今までイモを育ててみようとか、サミュエル殿下に認めてもらおうとか、私なりに色々やってきたつもりだったんですけど」

「そうだな」

「はじめはこの救援活動でサミュエル殿下に認められて、スタークを支援してもらえたらと思ってました。でも一晩、雪山で露営するしかなくなったとき……私は思い出したんです。王都に行くと決めたとき、『誰か助けて』って言うだけが私の仕事じゃないって、思っていたんだということ。自分で未来を切り拓《ひら》くために、秘密を抱えてまで王都に来たんだってことも。でも、ただ助けを求める相手がサミュエル殿下になっただけ。外見は変われても、中身はなにも変わっていなかった。今、私に色々と教えてくれる人たちが、イザラムに集まっていると思うんです。こんな機会、逃したらもったいないですよね」

ベンジャミンは黙ってエスメの言葉に耳を傾けていたが、やがて口にした。

「若いんだから、色々とやってみなさい」

「ピアス先生」

「ただし、診察は受けるように。健康に問題がないようならイザラムで救援活動を続けるがいい」

「はい。いってきます」

「……エスメ。君の正体を知った上で話そう」

周囲に人はいない。エスメは神妙な顔で頷いた。ベンジャミンはきっと、自分たち兄妹についてよく調べたのだろう。その上でクリスではなくエスメに、なにかを託そうとしていた。

「おそらく殿下も、君と同じようなことを考えているはずだ。しっかり支えてやってほしい」

サミュエルは、ここに残るのだろうか。

それならば心強い。エスメが無事にこうしているのは、サミュエルが生きていてくれたおかげである。彼を守らなくてはという使命感が、結果的に全員を生き延びさせた。

「はい。私にできることをやります。強欲だと言われても、多くの人を救うために」

彼女はベンジャミンに会釈《えしやく》をすると、医師のもとへと向かったのだった。


サミュエルは当初の予定を変更し、イザラムに逗留《とうりゆう》することになった。

彼の熱は三日下がらず、あちこちにしもやけをこしらえていたが、この決定をくつがえすことはなかった。回復するとエスメたちを伴い、彼は再び山をのぼった。

しばらくして王太后の使者たちが何人もたずねてきたが、サミュエルはちゃっかり彼らを手元において、建物や橋の修繕作業に従事する要員に加えてしまった。

王太后の期待にこたえられなかったことを報告したくない彼らは、イザラムに残るほかなかった。

（サミュエル殿下も、色々と変わられたみたいだ）

以前はもっと近寄りがたい雰囲気だったのに。相変わらず不機嫌になると態度に出るときもあるが、彼の内から、生気のようなものがみなぎっているのを感じた。その生気にあてられて、臣下たちはきびきびと動くようになった。

ロバートと共に、エスメは村の復興にむけて働いた。炊き出しの料理を作り、病人のために薬を作り、雪に埋もれた家財を掘り起こした。

サミュエルに向けられていた怨嗟の声は、しだいに小さくなっていった。

村人たちにそしられても、サミュエルは救援活動をやめなかった。そのかたくなながらひたむきな姿が、わだかまっていた村人たちの心を少しずつほぐしていったのだ。

青の陣営が去ったのちも、緑の旗がイザラムの村々ではためき続けている。

「ロバート。お前は爵位を取り戻す気はあるか」

あるとき、わざわざロバートのもとへやってきたサミュエルが、そうたずねた。

ロバートと共に薪拾いをしいていたエスメは、かたずを呑んでそのやりとりを見守っていた。

「……正しい統治が行われるのなら、領主は誰でも構わないのです、サミュエル殿下。今更もとの立場を取り戻したいなどとは思いません」

「村人たちはお前の統治を望んでいるようだったが」

「僕はふさわしい人間ではありません。結局は爵位を手放してしまったのですから」

ロバートは迷っているようだった。彼はすでに新しい人生を始めていた。イザラムを出て、東のはずれの町で、ただの教師として暮らし、妻は彼の子どもを産もうとしている。

それでも、後ろ髪ひかれてここに戻ってきてしまったのだ。

「甘言にのせられ、自分の弱さに負けてしまったのです。だから……」

「負け続けても、次こそ勝つかもしれないじゃないですか」

薪を背負って、エスメは言った。

「負けた人間が挑戦してはいけない決まりはないですから」

サミュエルは小さくため息をついた。

「……そういうことだ。滞在しながら、周辺地域の徴税の実態について調べていた。今の領主の無能ぶりは目に余る。議会にはかり、罷免《ひめん》するつもりだ。お前が爵位を取り戻したいなら任命してやる」

「私はノアから金を受け取っています」

「村のためにすべて使ったんだろう」

あるとき村長の家に、差出人不明の封筒が届いた。中身は村の一年分の蓄えに相当する額の紙幣であったらしい。

ロバートしか考えられない、と村長は思ったのだという。

それらはすべて、税金を支払うためにやむにやまれず使ってしまい、残っていないようだが。

「ノアがなにを言おうと、爵位の売買自体が違法だ。僕が王となった暁《あかつき》には徹底的に取り締まるつもりでいる。どのみち今の領主はいなくなる。家族の理解も必要になるだろう、考えておけ」

「身に余るお言葉です、サミュエル殿下」

ロバートはぐすりと鼻を鳴らした。

「ノアに話をもちかけられたときのことを教えてくれ。少しでも情報がほしい」

こみいった話になりそうだった。

「私は外しておきます。あちらに食べられそうな実が生《な》っていたので、採《と》ってから戻りますから」

エスメは歩き出した。支援物資は無限に湧いてくるわけではない。兵も駐留するとなると、食糧はどれだけあっても足りなかった。レギーお手製のおやつもとうにない。

（久々に、自分で木の実クッキーを作ろう。村の子どもたちに食べさせてやりたい）

目当ての赤い実に手を伸ばす。雪をかぶってつやつやと輝くそれは、自然界にきらめくルビーのようだった。枝をつかんだエスメの体が傾《かし》いだのは、その直後のことであった。

「ここに来てから、あいつばっかりだよな」

若い男が腐った木材を放り投げ、ぼやいている。

フレデリックと懇意《こんい》にしている青年貴族だ。

イザラムへ出発してからというもの、クリス・アシュレイルは彼らの注目の的《まと》であった。

ベアトリスの部下で、赤の陣営との連絡役をつとめているベンジャミンをサミュエルが重用するのは理解できる。

しかし、政治に無関心な父親を持ち、めったに出仕もしなかったクリス・アシュレイルが、ついこの間議会に顔を出したかと思えば、すぐさまサミュエルに顔をおぼえられ、今や彼のそばにはべることができている。

サミュエルは彼を気に入っているらしい。どんなときでも、あのチビはどうした、クリスは、となにかにつけて口にする。

「たいした功績もあげられていないくせに」

「むしろ不敬な発言が目立つだろ」

「お前はどう思う、フレデリック？」

フレデリックは憮然とした表情になる。

学生時代から、ああいうやつだった。やたらと整った顔で物腰も柔らかく、上級生からも下級生からも――そのうえ教師の人気までも集めていた。聡明《そうめい》で努力家、実家に金さえあれば、もっと良い進路を選べたはずだった。彼の唯一《ゆいいつ》の欠点――心因性によるものらしいげっぷの癖《くせ》は、入学当初にはなかった。あれが出るようになったのは、卒業も間近、フレデリックとクリスが派手にやりあってからである。

あのときから、クリス・アシュレイルは別人のように変わってしまった。

期待の優等生をつぶしたフレデリック・モリス。それが自分にたいする学校の評価だった。自分とて言い分はあるというのに。フレデリックは完全に悪者扱いだった。

（今だってそうだ。サミュエル殿下の関心はクリス・アシュレイルに。俺のことはそばに置こうともしない）

彼の仲間のうちには、長い間サミュエルに仕《つか》えているにもかかわらず、ろくに名も覚えられていない者たちもいる。突然王宮に現れ、決闘騒ぎを起こしてフレデリックに恥をかかせたクリス・アシュレイル。当然ながら、フレデリックや彼におもねる者たちは、クリスのことが気にくわない。

とりまきのひとりが下卑《げび》たことを言う。

「サミュエル殿下好みの顔だ。一晩お付き合いでもしたんじゃないか？　ルーク・ベルニだってやたらきれいな顔をしていたし」

ルーク・ベルニはサミュエルに幼い頃から仕え、頭も良く、腕も立つ。加えて宮廷中の女を虜《とりこ》にするような美丈夫《びじょうふ》。ルークを超えるような王杖候補は、ついぞ現れなかったのだ。

「よりによって次がクリス・アシュレイルか？」

サミュエルの恋人は、長いことルークという噂だった。公然の秘密というやつだ。クリスにしたって……つまりはそういうことなのだろう。

彼らは勝手な想像をし、それぞれにむくわれない自身の境遇について、理由を見つけて納得した。

フレデリックの心に、あの夜のクリスの表情がよみがえる。

──嘆いて助けを待つだけの日々は、もうおしまいにしたから。

そう口にした彼の横顔は、己の内の闘志に燃えていた。吹雪も寒さも、なんてことのないような顔をして。

フレデリックはあのとき、完全にクリスに呑まれていたのである。

「別に、殿下のそばをうろちょろしてるのはあいつだけじゃない」

フレデリックがそう言うと、仲間たちは驚いたような顔をした。

「お前が一番くやしがっていると思っていたが。クリス・アシュレイルとは寄宿学校からの知りあいなんだろう」

「嫌いだから目に付いていただけだ。仲が良かったわけじゃない」

「しかし、あいつも隅に置けないよな。クリスがサミュエル殿下をたらしこんで王杖候補になったらどうする？」

サミュエルは美しい者を好む。仲間内でそれに該当する者はひとりとしていなかった。男らしいと言われることはあっても、美しいと言われたことはただの一度もない。そういった類《たぐい》の魅力を持ち合わせていないと、彼ら自身よくわかっていた。王杖就任に外見的要素が必須となるのなら、もはや出世は見込めないと言っても良い。

サミュエルの次の王杖が誰になるのかは、彼らがもっとも気にしていることのひとつである。

「ばからしい。女王と違い、男の王は王杖とは結婚しない。外見よりも実力で王杖を選ぶさ」

「そうだよな。お前は緑の陣営の中でも一番裕福なんだ。期待してるぞ、フレデリック」

ルーク・ベルニが存命のときは、フレデリックに王杖就任の目など全くといっていいほどなかった。ルークはイルバスを古くからささえた由緒正しきベルニ家の嫡男《ちゃくなん》で、なんといってもサミュエルの幼なじみであったのだ。

しかし、ルークが亡くなると、緑の陣営は騒然とした。誰があの三番目の王を支えるか――……。アルバートとベアトリスの王杖はすでに決まっている。最後の王杖の席に、いったい誰が座るのか。

王杖という地位は別格だ。たとえ他の陣営の方が魅力的でも。

フレデリックは、親からも、派閥の仲間からも期待されていた。酪農事業は軌道に乗っていたし、領民はモリス家のもと、健《すこ》やかに生き生きと暮らしている。期待されて当然だというべきであろう。

緑の陣営を支えるのは、自分に違いないと。

「誰が殿下の役に立っているのかは一目瞭然。クリス・アシュレイルは目障《めざわ》りだ」

フレデリックがそう言うと、仲間たちは満足したようにうなずいた。

＊

エスメは腫れ上がる足首をなでさすった。

たぶん、折れてはいない。ひねっただけのはずだけれど……。

雪が積もっていて気がつかなかった。エスメが踏み出した場所には、地面などなかったのだ。

飛び出した岩に降り積もった雪がかたまって、地面のように見えていただけだ。

急斜面に飛び出したかたちになったエスメは、そのまま滑落《かつらく》した。幸い高さはなかったので衝撃はたいしたものではなかったが、打ち所が悪かったらしい。

何度か声を張り上げてみたが、人がいないのか、反応がかえってくることはなかった。

足は動かせば激痛が走り、崖をよじのぼることはできそうにない。

……薪を持っていたことが、不幸中の幸いだったかもしれない。

予定外の露営をするはめになったあのときから、エスメはどこへ行くにも火打ち石と携帯食料だけは肌身離さず持っていた。体を温めることができて、口にできるものがあれば、しばらくは持つ。それを経験則として知っていた彼女は、今度もじたばたしたりはしなかった。

──きっと、誰かが助けに来てくれるはずだ。あのときと違って吹雪《ふぶ》いてもいないし。

しかし日がすっかり暮れてしまうと、さすがに不安になってきた。

森の中にひとり。おそろしいのは凍傷だけではない。今年は作物が不作で、村人たちはずいぶん狩りをしたというし、あたりの植物も木の実も、軒並み刈りとられていた。エサ不足のクマは冬眠しそこねているかもしれない。木々の葉がざわめくたびに、エスメはびくりと背を揺らした。

どこかからオオカミの遠吠えが聞こえる。

野生動物に襲われても、この足では逃げられない。

アンがいてくれたら。エスメは膝を抱え込んだ。

「──わふっ」

獣の声がした。エスメは思わず叫んで、体を縮こめる。

「おい。大丈夫か？」

カンテラの明かりが揺れる。白い犬が、こちらをのぞき込んでいる。そばには、血相を変えたサミュエルの顔が。

エスメは安堵のあまり叫び出しそうだった。

「夕食の時間になってもお前が戻らないと連絡があった。まさか昼間からずっとここにいたのか」

「そ、そうなんです……。足、怪我したみたいで」

「足？」

「折れてはいないみたいなんですが」

「今そちらに行く」

サミュエルは木につないだロープを体にしばりつけ、用心深く降りてきた。最近の彼にとって、こうした作業は手慣れたものだった。今まで何をするにも部下に任せきりだったのに、村人たちや兵士たちに教わって、あらゆることを自分でこなすようになっていた。

「殿下ひとりでいらっしゃったんですか？」

「村人たちとロバートがお前を探している。夜だから土地勘のある者にだけ行かせた。アンが急にかけだすから、僕は追いかけてきただけだ。お前は絶対に死んでなさそうだし、探せばいると思って」

「死んでなさそうって」

「ひとりだけ生きるの諦めてなかっただろ。あの夜も。怪我を見せてみろ」

エスメは靴下を脱いだ。腫れ上がった箇所を、サミュエルが険しい顔で検分している。

「お前」

「はい」

「筋肉なさすぎだろう。よくあの雪の中の移動に耐えられたな」

「そ、そうですかね……」

「僕よりひょろい奴なんて初めて見た」

彼女はうるさくなった心臓をなだめていた。

女だと……気づかれてしまっただろうか。

実際、この救援活動でひやひやするようなことは幾度もあった。着替えはつねに頭を悩ます問題だったし、野外で用を足したくなったときもひどくあせった。それでもどうにかごまかし、単独行動する機会を作り、すみやかに事を済ませてきた。

ことにサミュエルにバレるのはまずい。実はクリスでないとわかれば、大騒ぎである。どんな沙汰《さた》が待っているかわかったものではない。

「早く戻って医師に診てもらった方がいいな」

「は、はい」

サミュエルはしゃがみこみ、エスメに背を向ける。

「乗れ」

「はっ⁉」

「もたもたするな」

「で、殿下におぶさるわけには……誰か人を呼んできてもらえたらそれで……」

「また僕がここに戻ってくるまでになにかあったらどうするんだよ。お前はクマが出てもその足で逃げられるのか？」

「そ、それはそうですけど」

「はやく」

サミュエルが苛立《いらだ》ったように言うので、エスメは迷ったすえ、観念して彼の背中に体を預けた。

「これで菓子の件、借りはなしだからな」

「借り……？」

そういえばあの露営の夜、サミュエルに菓子を分けた。ベリーの焼き菓子を口にするなり、サミュエルはまずいと言ってのけたのだった。

すっかり忘れていたけれど、サミュエルは気にしていたらしい。

（殿下は……思っていたよりも、人の気持ちを大切にしてくれる方なんだな）

彼は憂鬱《ゆううつ》そうな顔になる。

「重い」

「殿下」

「びっくりするくらい重たい。お前を背負ってここを登れるとは到底思えなくなってきた」

「し、失礼ですね」

人の気持ちを大切に――。先ほど心に浮かんだ感想を、前言撤回したくなる。

「お前くらいのひょろいのだったら大丈夫だと思ったんだが……」

サミュエルはロープを引き、足をかける。みしみしといやな音がする。

それでも彼は果敢《かかん》にロープをたぐりよせる。もう一歩、さらに一歩。地面が遠くなるにつれ、エスメはできるだけ体の力を抜いて、サミュエルの負担にならないように心がける。

彼がもう一歩、足を踏み出しロープを引き寄せたそのとき――。

ぶちりと、ロープが切れた。

サミュエルは均衡《きんこう》を崩した。エスメも振り落とされそうになる。彼はとっさにエスメの腕をつかんだが、間に合わずにふたりとも地面に叩きつけられた。

エスメはうめき声をあげる。腰を打ったらしい。足にはさらなる激痛が走る。

「お前……」

「サミュエル殿下、大丈夫ですか?」

「髪が吹き飛んでるぞ」

「いやそれより足が痛くて……。髪は偽物なので大丈夫なんですよ……」

エスメはそれを言葉にしてから、顔を青くした。

胸まで伸びた長い黒髪が、エスメの腕にかかっている。

――かつらがスポンといっちまったらどうするんだよ。

いつかのクリスの台詞《せりふ》がよみがえってくる。

まさか、本当にそんなことが起こるとは思っていなかった。しかも一番知られてはいけない人の前で。

帽子を探し視線をさまよわせれば、自分の尻でふんづけていた。もうなにから説明すればいいのかわからない。エスメが声にならない声でうめいている間に、やにわに周囲が騒がしくなった。

「殿下！　ご無事ですか⁉」

サミュエルはとっさに自分の上着をエスメにかぶせる。視界が覆われ、エスメはわけがわからなくなった。

ロバートの声である。

「先ほどすごい音がしたようですが」

「……誤って落ちてしまった。クリス・アシュレイルも一緒だ。新しいロープを持ってきてくれないか」

「私のでよければ……」

「いや、何本か必要だ。アシュレイルは怪我をしている。応援を呼んできてくれ、できるだけ人数を集めてから来い」

サミュエルがロバートを追い払ってしまうと、エスメはおずおずと彼の上着から顔を出した。

「あの……」

「さっさと帽子をかぶれ」

エスメは言われたとおりに、もぞもぞと帽子をかぶった。かつらがずれているかもしれないが、確認できない。サミュエルはあきれたようにためいきをつくと、エスメの髪をかつらの中に押し込んだ。はみ出していたらしい。

「なんで女がここにいる」

「あの……やっぱり女だって思います？」

「この期《ご》に及んでもまだしらばっくれる気か。怪しいとは思っていたが、まさか本当にそうだとは思わなかった」

「サミュエル殿下」

「いつからだ。最初からか？　お前は本当にクリス・アシュレイルなのか？」

ここまでだ。腹をくくるしかない。

エスメは深く頭を下げた。

「申し訳ありません。私はクリス・アシュレイルではありません。双子の妹のエスメ・アシュレイルと申します。兄は病気で出仕がかなわず、いけないこととわかっていながら入れ替わっていました」

こうなった以上、正直に口を割るほかないだろう。

なにごともなく故郷に帰れたらと思ったが、そもそもイザラムにとどまって救援活動を続けることにしたのは自分である。このような危険を承知でいながら。

出すぎたまねだったのだ。

(悪いことだとはわかってる……私のやりたいことは、女の身ではできないことだった。高望みをしていたのは認める……)

人助けのためとはいえ、サミュエルや緑の陣営の者たちを騙《だま》していたのは事実である。

アシュレイル家はどうなるだろう。緑の陣営から追放されるだけでなく、領地を没収されるかもしれない。父と兄には申し訳がたたない。

「……大変申し訳ありませんでした。殿下に正体を偽っていたことは、謝ってすむ問題ではありません。処分はいかようにも受ける心づもりです。兄の反対を押し切って、彼のふりをしておりました。兄はなにも悪くないのです。お願いできる立場ではないのはわかっておりますが、どうか……」

サミュエルは黙っている。にぎやかな声が近づいてきた。ロバートが村人たちを連れてきたのだろう。

「処分か。たしかに必要だな」

「サミュエル殿下」

「お前は無茶な行動が多すぎる。ひとりで森を歩いてまた遭難しかけ、こうしてわざわざ僕の手をわずらわせたんだからな」

エスメはぽかんと口を開けた。

サミュエルはそれを見て、いやそうな顔をする。

「バカ面」

「殿下、私は……」

「ここでやることは山積みなんだ。うかつに怪我などして迷惑をかけるな。明日の朝は村長を交えた会合がある。遅刻してきたら許さないからな」

見逃すというのか。

サミュエルをずっとだましていたというのに。

「あの……」

「ぶつぶつうるさい。僕はさっさと帰って眠りたいんだよ」

ロープを投げてよこされ、エスメは口をつぐんだ。

……まだ、ここにいても良いということ？

サミュエルはなにごともなかったかのように、ロバートに引き上げられている。エスメもそれに続いた。足を引きずる彼女のために、担架《たんか》が用意されている。

エスメはなにかを言わなくてはと思ったが、サミュエルは鼻を鳴らして、すたすたと歩いていってしまった。

＊

「知っていたのか」

詰め所に着くなり、サミュエルはベンジャミンに問いただした。

怪我をしたエスメ・アシュレイルは、すみやかに医師のもとへ運ばれた。彼女の失踪はすでにちょっとした事件になっていた。夜になっても人が戻らないとあらば、それは命にかかわる危機におちいっていることを意味する。

村人や緑の陣営の仲間たちは、クリス――エスメ・アシュレイルの帰還をいまかいまかと待っていた。担架に乗せられたエスメを見るなりベンジャミンが指示を出し、医療用の小屋が人払いされたのをサミュエルは見逃さなかった。

ベンジャミンは涼しい顔で言う。

「知っていたとは？」

「お前までしらばっくれるな。アシュレイルのことだ。先に僕が人払いをしようかと思っていたんだが」

「おや。殿下もご存じだったとは。このままバレずにすむかと思ったんだがね」

「いつからお前は知っていた」

「さあ。はじめからだろうか？」

なぜ疑問形なんだよ、とサミュエルは腹立たしかった。ベンジャミンはおそらく、すべてを知っていたに違いない。赤の陣営は諜報に長けている。クリス・アシュレイルが実は女であるとベンジャミンが知った時点で、彼女にまつわる情報をほうぼうに集めさせただろう。

「女だと知りながら、あのチビを今回の活動に参加させたのか」

「彼女に危険はなさそうだったもので」

「女がこんなに過酷な行程を――」

「無理ではなかっただろう？」

ベンジャミンは人を食ったような笑みを浮かべている。

「女でもやり遂げたではないですか、サミュエル殿下」

サミュエルはぐっと黙り込んだ。

たしかに、エスメ・アシュレイルはこの救援活動で誰よりも精力的に動いていた。死を覚悟した露営では、そうそうに倒れたロバートやサミュエルの分まで、人一倍精神的に強くあろうとしていた。

それでも、と声をあげる。

「周りは男ばかりなんだ。女が交ざるなら配慮しないといけなくなる。そもそもイザラムは山間部の厳しい土地だから、女手は必要だとしても、連れてくるのは無理だと判断して――」

「それはもっともだ。それで、どうする？　彼女を罰して追い返しますか？」

「……いや……」

エスメは兄の代わりに出仕したという。彼女ひとりが体を張らなくてはならない事情が多分にあるのだろう。

生活が苦しいという、スタークの民のためか。

兄の代わりに出世して、王室から支援を得ようとしていたのだろうが、生半可な気持ちだけではあの辛《つら》い吹雪の中での行動を耐えることはできなかっただろう。

エスメは、サミュエルの太陽の血を信じていると言った。

あのときの彼女のまなざしは本物だった。そして、命をかけてイザラムの村人たちを助けようとしていたことも。

例の露営の夜で、男になりすますことに懲《こ》りたならばとっくに故郷に帰れたはずだ。だが彼女はそうしなかった。

「本人がここに残ることを望むなら、勝手にすればいい」

「よろしいのか？」

「ただし、今までのようにそこらで雑魚寝《ざこね》させたりするな。ピアス、お前がしっかり目くばりしろ。しばらくは怪我を理由に個室を与えてやれ」

「了解した。しかし殿下、変わりましたな。まさか殿下が人のことを気にかけるようになるとは」

「仕方がないだろ。僕だって好きで気を回してるんじゃない」

まさか、自分を支えていた家臣が女だったとは思うはずがないではないか。

サミュエルは、うらみがましくベンジャミンをねめつける。

「お前が知った時点で追い返すべきだったのに、あいつの好きにさせておいたから」

「その方がよろしいだろうと思ったまでのこと。緑の陣営はノアの配下の侵食を許しすぎた。殿下のために新しい味方が必要かと思ったのだ。今までにない考え方をもった人物がね」

それが、エスメ・アシュレイルだったというのか。

たしかに彼女は、サミュエルが今まで出会ったこともないような人物である。諦めが悪く、無茶も平気でするし、およそ出来が良いとはいいがたい。

けれど、運命からは目をそらさない。どんな困難が立ちはだかっても、武器をとって立ち向かう。その澄み渡った灰色の瞳で相手をとらえ、たとえ自分が不利だと知っていてもおそれない。そして時に、その運命を魔法のようにひっくり返してしまう。

「実に面白い人物だ。そうは思わないか？」

「道化を召しかかえたいわけじゃないんだ。僕は部下に面白さなんて求めていない」

サミュエルが言うと、ベンジャミンは愉快そうに笑った。

「でもほら、今しっかり彼女を部下だとおっしゃっているじゃないですか」

「……言葉遊びに乗るつもりはない。あいつのせいで頭痛がしてきた。もう休ませてもらう」

「かしこまりました」

——どうして僕が、あのチビに気を遣ってやらなきゃいけないんだよ。

雪山では世話になったし、イザラムでは懸命に働いていたし、ちょっとばかり働きを買ってやっただけだ。本当にそれだけだっていうのに。

身支度をして、寝台にもぐりこむ。サミュエルのために用意された簡易ベッドは、ちょっとしたことで悲鳴のような音をあげてきしむ。彼はできるだけ身動《みじろ》ぎしないようにして、目をつむった。神経がたかぶったままで、いっこうに眠りはおとずれなかった。

＊

……眠れなかった。

目の下に隈《くま》をつくり、エスメは会合に参加していた。正しい手当てがされたこと、久々に他人の目を気にせず休めたこともあって、足の痛みは引いていたものの、エスメの心は憂鬱だった。

サミュエル殿下に、女であるとバレてしまった。

あれから一度もサミュエルと話せていない。いつ罰せられるかとひやひやしながら、会合の時をむかえてしまった。

うそのように静かな朝である。

(今までなにもなかったけれど、まさかみんなの前で、私が女だったということを公表したり……)

さまざまな可能性が頭をよぎり、冷や汗が止まらない。うるさく高鳴る心臓を必死になだめている。

サミュエルがベンジャミンを伴い、詰め所にやってくる。緑の陣営の者たちは王子に向かって頭を下げた。

彼は分厚いフードをおろしてその整った顔を衆目にさらすと、淡々と言った。

「各自、右から定例報告をしろ」

「は。こちら共用施設の修繕班です。崩落した橋の残骸は撤去、現在新たに架橋中です。急いで進めておりますが、完成までにあと半月は時を要するかと。雪で潰れた家畜小屋の建て直しを同時進行で進めておりまして――」

「こちらは食糧管理班です。ベアトリス女王の缶詰はすでに在庫を切らしております。フレデリック・モリス伯爵から提供していただいた肉の塩漬けを各家庭に配布いたしました。しかし、この寒波では春になっても食糧の自給は見こめないでしょう。追加の支援が必要かと」

「医療班の備品ですが、包帯や熱冷ましの薬が残り少なくなっています。重病人が出た場合の搬送経路確保にかんしてですが――」

「よろしいですか。配置換えを希望したいのですが」

手を上げたのはフレデリックである。ぼうっとしていたエスメは思わず背を正した。いけない。医療班の報告はとっくに終わっている。報告役のロバートが目配せしていたのに、エスメはなにも言葉が出てこなかった。

そんなエスメを見て、フレデリックはいやな笑みを浮かべている。

「クリス・アシュレイル卿《きょう》は怪我のせいか心ここにあらずの様子。私が彼の代わりに医療班をとりまとめ、近隣の村々も含めて医師の手配と臨時診療所の建設に立ち会いたいのですが」

「心ここにあらずというわけでは……」

「そうですか？　まだ体調がかんばしくないのでは？　報告はロバートに任せきりのよう

だが」

現場まで任せきりというわけではない、と言ってやりたかったが、呆けていたのは事実なので言い返せなかった。正体がバレたことに気を取られ、今日報告しようと思っていた事案をひとつも口に出せていない。

サミュエルは表情を変えずにたずねる。

「モリス。お前は修繕班では？　橋や家畜小屋の方はどうする」

「あちらは私の雇った傭兵たちで作業を進めております。私が抜ける分には問題ないでしょう」

「橋の再建は最優先項目だ。それに村人たちの住まいを整える作業も途中だろう。なぜ医療班へ移りたがる？」

エスメにはなんとなく理由がわかった。医療班は、どの班よりもサミュエルと接することができるから。サミュエルは以前に比べてよく耐えている方だが、それでもこの厳しいイザラムの土地で、つねに健康そのものというわけにはいかない。時折発熱や頭痛を訴えては、薬を調合してもらっている。そうでなくとも、体調が少しでもかんばしくないときがあれば大事をとるようにし、薬湯《やくとう》を飲んでしばし休憩することも少なくない。

エスメも薬の調合を手伝っているので、たびたびサミュエルと話す機会に恵まれるのである。

修繕班は日中の明るいうちに野外での力仕事に従事し、日が暮れれば屋内で家具や農具の修繕を行い、暖炉の世話をする。サミュエルと顔を合わせることができるのは会合のときだけだ。

強く出世を望む者たちは、内心医療班をうらやましく思っているのである。

フレデリックは声を張る。

「班をかけもちせよというのであってもかまいません。雇った人間たちはすっかり作業に慣れておりますので、四六時中私が見ていなくとも――」

「どうするアシュレイル。怪我が辛いならモリスに役目を譲るか？」

エスメは迷った。これは、サミュエルによる勧告なのか。役目を譲って村を出ろという……。

サミュエルの瞳を見つめるが、どういうつもりなのか答えが出ない。

エスメは思ったままを口にすることにした。

「足の方はだいぶ回復しています。今日にも現場に復帰するつもりでした。この村にはもとから診療所がありません。体調を崩した者がいれば村長の家の食糧倉庫に運ばれ、薬湯を与えられるだけ。医療の心得のある者を育てる必要があります。またこのような問題はイザラムに限ったことではありません。西部地域の、まずしい農村地帯ではめずらしくないことです。自然災害で交通の手段が絶たれてしまえば医師を呼び寄せることもできない。

幸い今回の救援活動ではイルバス各地から医師たちが集まっています。彼らに村人や近隣からかけつけてくれた若者たちを教育してもらい、各地の村で医療をまかなえる人材育成の第一歩としてはと、提案しようかと思っておりました」

エスメは手元の書類をサミュエルに提出した。何日もかけて作り上げた計画書は、あちこちにインクのしみを作ったり、参考資料も満足に手に入らない中での作業となったので、はっきり言ってしまえば出来が良いとは言いがたい。だがエスメがその足で集めた、西部地域の医療事情にたいする献言の集大成である。

「以前はふもとの町にある教会が村人を助けるために活動していたようなのですが、今回は彼らですら足止めをくらってしまっている。もし一刻を争う状況になったならばなおさら、この試みは必要かと」

「……そうだな。せっかく人が集まっているんだ。やらせてみるのもいいだろう」

サミュエルはエスメの計画書をめくりあげ、うなずいた。

「モリス。もし手が空いているならアシュレイルの計画を手伝え。修繕班の仕事をおろそかにしないというならそれで構わない」

「しかし、サミュエル殿下」

「なんだ、まだなにかあるのか」

「いえ……」

フレデリックは気に入らないような顔をして、エスメに一瞥《いちべつ》をくれる。

医療班に人手が増えるのは助かるが、相手がフレデリックだということに心が重くなる。共に露営を耐え抜いた仲間だが、ここ最近はよくエスメにつっかかってきたり、わざと彼女の評価が悪くなるようなことを口にするのである。

（女だとバレた以上、殿下からの評価もなにもないのだけれど……）

しかし、サミュエルはエスメの計画を推し進めることにした。

これは答えだ。彼はエスメにこの場所にとどまることを許した。

クリス・アシュレイルとして。

エスメに挑戦の機会を与え、自由に踊ってみせよということだ。またとない機会だ。男も女も関係なく、やりたいことにひたむきになれる。

もう冷や汗は止まっていた。かわりにわきあがってきたのは、胸を熱くするような高揚感。

エスメは恭《うやうや》しく礼をする。

「お任せください、サミュエル殿下。次の会合では必ず成果を報告いたします」

彼女はサミュエルのもとで、やるべきことをまっとうすることにしたのだ。

*

イザラムの村に滞在するうちに、エスメの中に変化が生まれつつあった。

それはとても小さな芽のようなものだったが、エスメの内でむくむくと育ち、急速に花ひらくこととなった。

エスメには役割が与えられた。サミュエルの側近として共に行動し、村人たちに医療の心得を伝授すること。

兄と入れ替わると決めたとき、スタークの町を救うのだという、使命感がエスメの心を占めていた。

しかし、ここイザラムという孤立集落への救援活動を経て、彼女の意識は変わりつつあった。

スタークだけが助かっても、意味などないのである。

（スタークがたとえ豊かになっても、西全体が貧しければ今度はスタークに貧民が押し寄せることになる。西の民の全員が冬を越せ、健康で、一定の仕事につき、財産を持てるようにしなくてはならない）

生き延びるだけで精一杯な村々は、一切なくさなくてはならない。

できたら、誰ひとりとりこぼすことなく。

今回の大寒波で、爪に火をともすような村人たちの生活は完全に破綻《はたん》してしまった。抜本的な改革が必要である。

エスメはいつのまにか、この試みに夢中になった。スタークの畑でひとり、イモを育てていたときとはわけがちがった。サミュエルのそばで、人を助け、地域の発展を見届けること。それはスタークの中だけで過ごしていたときよりも、何倍も手ごたえのあることだった。

（本来は……女であったら得られなかった喜びだ）

兄のクリスとして、エスメはここへやってきた。サミュエルに正体がバレたら、罰を受ける覚悟であったが、今のところ見逃されている。

それどころか、サミュエルはエスメを常にそばに置くようになった。

人使いは荒いし、互いに口論になることもある。

けれど彼はけして「帰れ」とは言わない。エスメの自主性に任せて仕事をさせてくれている。

強欲にすべてを救いたいと言った彼女を、叱《しか》りつけることや制約をかけることなく、許してくれている。

エスメの考えに耳を傾け、可能なこととそうでないことの判別をしてくれる。

ベンジャミンはそんなふたりに助言し、イザラムという小さな村の中に限ったことではあるが、復興に向けてあらゆる改革が行われることになった。

「いっちょ前にサミュエル殿下の側近気取りか」

フレデリックは言いながら、詰め所に入ってきた。

救援活動の拠点として急遽建てられた仮設の執務所は、会合のときを除いては、サミュエルと彼からここでの役割を与えられた者しか入れない決まりであった。

「話すなら外にしよう」

エスメは立ち上がる。

フレデリックは、入室できる者たちの中に入っていない。

「ここで構わない。お前の役割は俺が代わってやる」

「持ち場の件はサミュエル殿下がお決めになったことだ」

エスメが言うと、フレデリックは目をつりあげる。

「こんなところで殿下に顔を売って、まさかお前が王杖になるつもりか？」

「は……？」

「すっとぼけるなよ。今まで政治に関心などなかったくせに、ルーク・ベルニが亡くなったと聞いて、いそいそと出仕してきたんだろう？」

「なぜいきなりそんな話をする？　ここに来たのは救援活動をするためだよ」

王杖などだいそれたこと。そもそもエスメは女である。兄の代わりに……少しでもサミュエルの役に立って、スタッグの現状を知ってもらうために来ただけのこと。

しかしフレデリックはそれを知らない。かつての同級生であるクリスが、王杖を狙って出仕してきたのだと思っている。

（……そうか。女が王杖になどなれるわけがないと、私も無意識のうちに思っていたから、クリス・アシュレイルとして王杖になる可能性すら思い浮かばなかったのか……）

イルバスの歴史上、女の王杖が存在したことはない。

女王は幾度か、その歴史の上に姿を現した。現在も王のひとりは女王である。

しかし、女の政治家はいない。賢王アデールの時代から女性が少しずつ社会進出を始め、彼女たちは教師となったり、技術者になったりした。それぞれの階級のサロンで発言力を持つようになった。しかしそれはあくまで女たちの中だけの話であり、依然《いぜん》として社会を牽引《けんいん》するのは男であった。――女王をのぞいては。

（ベアトリス陛下の王杖を決めるさいも、その座をめぐって各陣営が争ったと聞いた……。もしベアトリス陛下が男であったなら、そのような争いはそもそも起きなかったはず）

王家に、女として生まれること。その苦しみをベアトリスは乗り越えなければならなかった。

ベルトラムの血を引く彼女ですらそうなのだ。王族ですらない女が、政治にかかわるなど。はなから考えに及ばなかった。

まだ政治の道を志す女は現れていなかった。いや、志そうとした女はいたのかもしれない。それが許されなかっただけで。

「緑の陣営の中ではモリス家が一番多くの税収をあげている。お前のような貧乏貴族と違って。それはわかっているよな」

フレデリックは、そう念を押した。

「俺が命がけでこの救援活動についてきたのは、王杖たる器であると殿下に証明するためだ。迷惑なんだよ。せっかく怪我をしてくれたんだ、意地を張らずに下山してくれりゃ、こんな忠告せずとも済んだのに」

「本当に君が優秀なら、僕を牽制する必要などないのでは？」

エスメは負けじと言い返した。

「おっしゃる通りスタージは貧乏伯爵家で、父親は不真面目《ふまじめ》だし、とりたてて誇れるところもないさ。だからこそイザラムで少しでもお役に立とうとしているんだ。君は酪農事業で儲かって、サミュエル殿下も一目置いている。わざわざ僕を脅《おど》しつける必要などどこにもない」

フレデリックは、気に入らないという顔をしている。

「王杖のことは、本当にそんなつもりはないさ。考えもしなかった。君の言うとおり、君が一番の有望株なんだろう」

「そうやってすかして、勝ったつもりか？　げっぷ野郎」

　フレデリックは、エスメを突き飛ばした。彼女は椅子にぶつかって尻餅《しりもち》をついた。けたたましい音がして、椅子が倒れる。

「あのときもそうだったよな。人畜無害のような顔をして、しっかり人のものをかすめとった」

「ちょっと」

　昔のことは知らない。クリスがなにかやったのか？

　フレデリックの様子から察するに、どうやら兄は、ただげっぷだけが原因で、一方的にいじめられていたわけではないらしい。

「クソ野郎が、あとからのこのこ現れやがって。俺がどれだけ苦労して、殿下に顔をおぼえてもらったと思っている」

　フレデリックは倒れた椅子を蹴り上げる。

　椅子を避けようとすれば、すぐに肩に蹴りを入れられた。仰向けにひっくりかえり、壁に頭を打ち付ける。

　エスメは心の中で悪態をついた。

　こいつ、いざとなるといっつも暴力を振るう。最悪な奴だ。

はでにぶつけたわりに、後頭部の痛みは存外たいしたことはなかった。かつらがずれていないか心配で、頭を押さえる。どうやらこれのおかげで、衝撃から守られたらしい。

フレデリックは構わず彼女につかみかかり、馬乗りになる。

「お前のとりえなんか顔だけだ。その面《つら》がつぶれれば、サミュエル殿下も興味をなくすだろう」

彼が勢いよくこぶしをふりあげる。

――そのときであった。

「なにをやっている」

眉間《みけん》にしわを寄せたサミュエルが、声をあげた。

「騒がしいと思って来てみれば。ここは救援活動のために作った執務所だ。私闘をするならよそでやれ」

「サミュエル殿下」

フレデリックは、エスメを一度、驚愕《きょうがく》の瞳でとらえた。それからそっと彼女の上からどいた。

（……何？）

けげんな顔でフレデリックを見つめる。エスメは、ゆっくりと起き上がった。

（ボタンが……フレデリックの奴、人の服を破っ……）

フレデリックはすでに彼女に背を向けて、サミュエルの前に膝をついている。

エスメはあわててシャツの襟元をかきあわせた。

気づかれたか？　それともサミュエルが現れたおかげで、フレデリックはそちらに気を取られたか？

「フレデリック・モリス。お前はしばらく謹慎処分とする。下山し故郷に帰れ」

「サミュエル殿下！　私はお役に立てます。緑の陣営の誰よりも多く、支援物資を提供しました。体力にも自信がある」

「それはわかっている」

「恐れながら申し上げます。なぜ……そのクリス・アシュレイルを重用なされるのです。殿下にとって、お役に立てる人材とは到底思えません」

エスメは思わず胸元の布をつかむ手に力をこめた。

「誰が僕の役に立つかは、お前の決めることではない」

サミュエルは冷たく言い放った。

「僕の命令が聞けないのか？　さっさと下山しろ。お前や、その取り巻きに関してはこの件以外にも苦情が届いている。修繕作業が雑だとか、お前の雇った傭兵たちが村娘にちょっかいをかけているとか、聞くに堪《た》えない部類のものだ。群れるのは結構だが、仲間の教育はしっかりしておけ。あちこちでいさかいを起こされては迷惑だ。これからカラウで救援活動を続けていた青の陣営の部隊が撤収するそうだ。合流して共に下山するがいい。取り巻きはひとり残らず連れて帰れ」

サミュエルの言葉に、フレデリックは「……申し訳ありませんでした」と返すほかなかった。

「配下の者とともに下山いたします。殿下のご無事を、モリス領よりお祈り申し上げます」

フレデリックが詰め所を出ていくと、エスメはほっと胸をなでおろした。

サミュエルはあきれたように言う。

「警戒心が足りなさすぎるんじゃないのか」

「まさか腕力にうったえてくるとは思わなかったんです」

「あいつは知っているのか」

転がったボタンを顎で示され、エスメはうなる。

「わかりません。そういった意味で襲われたわけじゃないと思うので。……どうやら入れ替わった兄との間に、なにか確執があるようです」

サミュエルはたずねる。

「お前の兄はなぜ直接僕のもとへ来ない」

「あの……体質的に、緊張するとげっぷが止まらなくなるみたいで」

「そんな体質のやつがいるか」

「本当にいるんです。本人も相当悩んでいます。おかげで引きこもりになってしまいました。私はスターグの民が飢えているのを見ていられず、思わず兄の代わりに……」

「情けない兄だ」

　サミユエルはため息をついた。

「……情けないかもしれないけど、いい人なんです。私のことをいつも心配してくれている。体質のことさえなければ、今ここにいたのは兄の方だったんです。兄も、いろいろと辛い思いをしていて――……」

「わりを食っているのはお前なのに、なぜ兄をかばう？」

「それは……兄妹だから……」

「僕の兄は、僕が引きこもりになったら大喜びするだろう。記念に祝宴くらいは開くかもしれない」

　サミユエルは黙って、湯を沸かし始めた。かぐわしい香りの茶葉を取り出している。

「理解できない。出来の悪い兄のために、妹が体を張らなければならないことが」

　ほどなくしてサミユエルは、エスメに淹《い》れたての茶を手渡した。

　カップに鼻を近づけて、エスメは目をしばたたいた。

（……殿下なりに、なぐさめてくれているのか）

彼が嫌っているらしい、ベリーの茶である。

サミュエル自身はそれに口をつけようとしない。明らかに、エスメのために淹れたものである。

フレデリックに襲われ、動揺したエスメを落ち着かせるために。

「女はそういう味が好きなんだろ。ピアスが言っていた。僕の趣味じゃない」

「サミュエル殿下」

「ベリーは苦手なんだ。昔、兄さまがベリーをつぶして自分の指に塗って、指が切れたってうそをついて。慌《あわ》てた僕をさんざんからかって笑ったから」

血の色に似ているから、嫌いなのだという。

幼いサミュエルは、「兄さまの指がなくなっちゃう！」と大騒ぎをしたらしい。

アルバートは弟のそんな様子に、ひとしきり笑っていたのだという。

「今思えば、ばかみたいだよな。どうして血なんかに見えたんだか……」

「お兄さまのことが、大切だったからではないですか？」

「まさか。姉さまならともかく」

エスメは、ベリーの茶に口をつけた。あたたかく、優しい酸味が広がって、ほっとした。

「私のせいでフレデリックを下山させてよかったのでしょうか」

「別にお前のせいじゃない。実際、イザラムの村娘にちょっかいをかけたり、修繕作業をサボったり、良くない報告はいくつかあがっていた」

「フレデリックは、殿下の王杖になりたがっているようでしたが」

「考えたこともない。僕は品位のない奴は嫌いだ」

サミュエルはため息をついた。

「殿下の右腕になりたいと思っているんですよ。なぜか私を敵視してまで……」

「別にあいつだけじゃないさ。僕の王杖になりたいという奴はたくさんいる」

「その中から選ばれないのですか？」

「そう簡単に選べるものじゃない。王杖は王の半身に等しい」

エスメは用心深くたずねた。

「……占い師ノアの配下の者について、ご存じですか？」

「調べ始めたのは最近だ。ベンジャミンを僕のそばにおいてから。このような事態をまねいたことを、後悔している」

エスメはほっと胸をなでおろした。

サミュエルがノアの動きを認識しているのなら、間違った人間を王杖に据えてしまうことはないだろう。

「フレデリック・モリスはノアの息がかかっていない貴重な人材だが、それとこれとは別だ。それに……あいつらは別に、僕のことなんかどうだっていいだろう？　ほかの王が王杖にと誘ったら、しっぽを振ってついていくさ」

サミュエルの臣下の中の幾人かは、かつて彼に無断で他の王のもとへ向かい、王杖にしてもらえないかとねだったこともあるのだという。

特に、つい最近まで王杖のいなかったベアトリスには、過去に何人もの男たちが自身を売りこみに行ったのだとか。

サミュエルとて、姉ベアトリスを自分の意のままにすることをもくろんでいた。自分の臣下と結婚してくれるなら好都合だ。だがサミュエルに無断でベアトリスのもとをたずねた家臣たちは、サミュエルや緑の陣営のためではなく、みずからの出世のためだけに行動した。ベアトリスと結婚できれば、緑の陣営は抜けても構わないと思っていたのだ。

抜け駆けしてベアトリスに求婚した全員がもれなく袖にされて戻ってきたのだが、サミュエルの存在をわきに置いて、他の王のもとで出世を願う彼らのことを、サミュエルが快く思うはずもない。

「どの陣営だって構わないんだ、あいつらにとって。王は仕える主であると同時に、己の出世の道具だ」

「……そうでしょうか」

エスメは茶を口に含んでからこたえた。

「少なくとも、私はここで働けて幸せですが。緑の陣営にいなければ、得られないことばかりでした。農業のことも、西部地域のことも……ここにいたから知ることができた。土を触り、吹雪に耐えて、自らの手で道を拓く。どの陣営よりも、『イルバスで生きる』ことに重点を置いているのは、今は緑の陣営ではないかと思います」

生まれて初めて想像した。

もし自分が、女だてらに政治の道を志したとして――どの陣営に籍を置こうかと。

アルバート率いる青の陣営は、武に重きをおいている。エスメは武器をとって戦うことは望んでいない。

ベアトリス率いる赤の陣営は、工業の発展に力を入れ、今はニカヤへと渡った。エスメの生きたい国はニカヤではない。

厳しいイルバスの冬を体験してきたからこそ、この地で生きる力強さを身につけたい。

「サミュエル殿下が強くあろうとするかぎり、緑の陣営は、もっと強く、大きくなれます。いずれイルバスのすべての民の営みが、この陣営の施策によって豊かになる。ここに来て、それを確信しました。いずれ私がここを離れることになっても……西に住む者のひとりとして、それを見届けたいんです」

エスメはまっすぐに、サミュエルにそう伝えた。

「お茶、ありがとうございました」

「あ、ああ」

　サミュエルは毒気を抜かれたような表情をしていたが、エスメにつられて立ち上がった。

「どこへ行くんだ」

「外の様子を見てきます。こうして緑の陣営の一員として……兄の身代わりとしてだけど、働けるのです。少しでも学んで帰りたい」

　エスメがコートと帽子を手にした、そのときだった。

「サミュエル殿下、大変です……！」

　伝令の者が、息せききってかけつける。

「どうした、騒がしいぞ」

「王太后さまが」

「母さまがどうした？」

　彼はサミュエルの顔色をうかがうようにして続けた。

「このイザラムに、新たに離宮を建設すると……！」

第三章

イザラム救援活動の陣頭指揮をいったん切り上げたサミュエルは、部下たちを置いて一度王都へと戻った。

先に救援活動にあたっていた青の陣営と連携をとりながら仮設診療所の設置と追加の支援物資の都合をつけるためであったが、なによりもたしかめなくてはならなかったのは、イザベラの新しい離宮《りきゅう》建設の件だった。

王都の離宮に足を踏み入れるなりサミュエルは、乱暴にベールをかきわけ、母の姿を探す。

「こちらよ、サミュエル」

鈴を転がすような、美しい声が聞こえてくる。

イザベラは寝台に腰かけ、詩集をめくっていた。

「母さま。どういうことですか」

サミュエルがけわしい顔でたずねると、詩集をわきに置き、イザベラは目を細めた。

「サミュエル。無事に帰ってきてくれてよかったわ。ずっと心配していたの。あなたの美しい体が、凍傷でそこなわれてしまってはいけないと……」

「時間がないので単刀直入に聞きます。イザラムでの新たな離宮の建設の件……どの王に許可をとったのです？」

まさか姉のベアトリスではあるまい。アルバートは勝手にしろと言いそうだが、彼の承認だけでは物事はすすまない。

どう考えても、イザベラの独断専行である。

イザベラはほほえんだ。

「許可はこれからとるのよ。愛する息子であるあなたに。もう国璽《こくじ》を持っているんでしょう？」

「僕は許可するつもりはありません」

「イザラムの民《たみ》の暮らしはひどいものだそうね。私は報告を聞いているだけでも、不憫《ふびん》で涙が止まらなかったの。まるでアデール女王が即位する前のイルバスのよう。このような時代をまねいた私たちの世代にも責任というものがあるわ」

イザベラは歌うように続けた。

「まず民の生活を保障するには、雇用をしっかりと守るほかありません。実らない作物のために汗水流して働いて、冬場は凍死してしまうなんてあまりにもむごいことですもの。

作物が実らないというのなら、他のものを作れば良いのです」

「それが、不必要な離宮というわけですか？」

「不必要ではないわ。イザラムをあなたのための土地にすればいいんだもの」

　イザベラはうっとりとしたまなざしになる。

「ベアトリスがなぜリルベクの民から尊敬されているのかわかる？　あの子がリルベクにある廃墟の塔にいつだっていたからなの。いつでも領民のそばによりそっていたから、民もベアトリスを敬っていた。遠くの王よりも、近くの王を支持するのは当然のこと。リルベクの民にアルバートよりもベアトリス贔屓《びいき》が圧倒的に多いのは、そういう理由があるからよ」

「それは……」

　今回、初めての視察でサミュエルは手痛い経験をしている。吹雪《ふぶき》の中、民に拒絶されたことを思い出す。配下に政治を丸投げしていたつけを払うはめになったのだ。

「だから、あなたにも拠点になる場所が必要だと思ったの。アルバートは絶対に王都からどくつもりはないでしょうし。サミュエルのお城があれば良いと、ノアがアドバイスしてくれたのよ」

「……あの占い師ですか」

　サミュエルは苦い顔つきになる。

以前からあいつのことは気にくわなかった。星を見ると言いながら、サミュエルの未来に対し否定的な発言ばかりをする、なよなよしい男。

「母さま。以前から申し上げようと思っていましたが、彼を重用しすぎではないかと。我が陣営の幾人かは、あの占い師のとりなしで爵位と領地を得ています。しかし目立った働きはない。僕も国璽を得たことですし、一度人事の刷新をはかりたいのですが」

「だめよ」

イザベラは断固として拒否した。

「許しません。ノアの目が光っているからこそ、あなたにつかみかかろうとする敵を排除できているのですから」

王太后《おうたいごう》の監視があるから、サミュエルに不満がある者がいたとしてもおおっぴらには口にできない。王太后はなんといっても、三人の王の母なのである。このイルバス王室で、ある意味もっとも敵にまわしてはいけない人間であった。

サミュエルは、ずっとそれが不快だった。いつでも母の愛人の視線から逃れることができないでいる。

「ノアの息のかかった者は一掃します」

サミュエルはきつい口調になった。

「イザラムに行ってよくわかりました。あそこの領主はノアの推薦で選んだ者です。その領地経営がいきとどいていなかったから、今回のような事態を引き起こしたのです。国璽を得た以上、このまま野放しにするわけにはいかない。組織の内部をがらりと変えてみせる」

「そんなことをしたら、あなたについてくる者なんていなくなるわよ」

イザベラは小指で自身のくちびるをなぞった。かみしめすぎて血が出ていたのだ。

サミュエルが口ごたえをするると、彼女はいつもきつくくちびるをかみしめる癖《くせ》があった。

母の唇を彩る赤い色を目にするたびに、サミュエルは次の言葉をのみこんできた。

（……だが、このままではいけない）

母の言いなりのままでは、状況はなにも変わらない。

「イザラムでの離宮の建設は認めません。雇用を生み出せというならば、代わりに缶詰工場を増設します。僕は母さまの人形ではない」

それだけ言うと、サミュエルは母に背を向けた。

「待ちなさい、サミュエル」

イザベラの呼びかけにも、けして振り返りはしない。

「後悔するわよ。母の後ろ盾《だて》なくして、あなたに統治がつとまるというの？」

「つとめあげてみせますよ」

「サミュエル。そんな風に意固地になって……誰の影響でそうなったの？　わかったわ、ベアトリスの側近のせいね。あのピアスという子爵《ししゃく》。なんて男なのかしら、すぐにクビになさい」

「僕にその権利はない。姉さまの部下だ」

「サミュエル、待って。待ってったら」

イザベラは息子を追いかけ、その背中に抱きついた。

「母さまを置いていかないでちょうだい。あなたが吹雪にのまれて死んでしまったらと、夜も眠れなかったのよ。離宮のことが気に入らなかったのなら謝るわ。あなたが生きていることをたしかめさせて」

「母さま」

サミュエルは迷った。普段なら、彼女の手をとって、抱きしめてやるところだった。

だが脳裏には、つい最近目にした光景が広がっている。

痩《や》せ細った民。肩を寄せ合い、ともにひとつの火で暖をとった緑の陣営の配下たち。

そして女だてらに、最後まで過酷な救援活動についてきた、エスメの顔である。

いっこうに振り向かず、母の手を取ろうともしないサミュエルに、イザベラは声を震わせた。

「……女ね？」

イザベラは息子の腕をつかんだ。

「あなたをそこまで変えてしまったのは女ね？　どこの馬の骨なのかしら」

「母さま、離してください」

「いいえ、だめよ。……ずっとこのときがおそろしかった。あなたがそばにおくのはいつも男だったから、母さまは安心していたのよ。だって男には男を変える力はないもの」

　イザベラは確信めいた口調になった。

「男をまるきり変えてしまうことができるのは、女だけなのよ」

　サミュエルは母の手を振り払った。

「兄さまの恋人にかんしてはなにも口出しをされなかったはずです」

「アルバートはいいの。あの子は変わらないから。女を道具の一つとしか思っていない。そしてもっとも大切な道具はいつだってベアトリスとカミラだった。カミラが結婚して国を去ってからは、ベアトリス以外の全員がガラクタ」

　でもあなたはアルバートとは違う、とイザベラはサミュエルの背を撫でた。

「あなたはだれよりも優しい子。そばにいる人間によって、あなたはどんな風にも変わってしまうことができる。善人にも悪人にも、賢王にも愚王にも……あなたを渡さないわ。母さまに任せておきなさい。あなたが王位継承権を放棄しないと言うのなら、必ず私の力で、あなたを良い王にしてみせるわ」

「僕の意志を無視して？」

サミュエルはきつい口調になった。

「口出しはしないでもらう。僕は僕の緑の陣営を作る」

「あなた個人にどれだけの臣下がついてくるというの？」

「……ついてくる奴は、いるはずだ」

たとえそれが、たったひとりでも。

エスメは必ずついてくる。自分を奮《ふる》いたたせることができるのは、彼女だけなのだから。

「……そう」

甘い匂《にお》いが強まった。

背後からはがいじめにされ、サミュエルは声をあげようとしたが、口元に手巾をあてられる。

イザベラの侍女《じじょ》たちだ。王太后の意のままに動く彼女たちが、サミュエルを押さえつけていた。

サミュエルはすぐに甘い匂いの正体に気づいた。以前自分が姉ベアトリスに使ったことがある薬と、似たようなたぐいのものである。

「サミュエル、かわいそうに。でも大丈夫。あなたの反抗期、母さまはしっかり付き合いますからね。私はあなたの母親なのだもの」

床に膝《ひざ》をつくサミュエルを、イザベラはしっかりと抱きしめた。

＊

「フレデリック・モリス卿《きょう》ですね？」

フードを目深《まぶか》にかぶった長身の男が、フレデリックに近づいてきた。

イザラムではさんざんだった。雪山ではあやうく遭難して死にかけたし、出世につながるような活躍も見せることはできなかった。せっかく、領民たちに無理をさせて支援物資を用意したというのに、先に到着していた青の陣営に一番の手柄を奪われてしまった。

「何者だ。俺は忙しいんだ」

「失礼。これでもおわかりになりませんか？」

男はフードをとりはらい、その顔をあらわにした。フレデリックは目を見開く。王太后の愛人との噂《うわさ》の、占い師ノアであった。

「ご無礼をお許しください」

フレデリックはあわてて謝罪した。

なんとか取り繕《つくろ》わなくては。このノアの力で甘い汁を吸っている貴族たちは多い。サミュエルの陣営が派閥の体裁《ていさい》をたもっていられるのは、ノアの口添えにより王太后の後ろ盾を得た者たちがそれなりの数いるからだった。

「モリス卿。サミュエル殿下に下山をうながされたとか。さぞかし口惜《くちお》しかったでしょう」

「それは……」

「わかっております。あなたのせいではないのでしょう?」

ノアは、フレデリックの心をのぞきこむようにして、しゃべりはじめた。

「あなたははめられただけだ。緑の陣営で、あなたのほかに王杖《おうじょう》にふさわしい者などいないはずなのに」

「それは……」

「あなたをおしのけ、不当な利を得ている者は罰を受けるべきです」

フレデリックの脳裏によぎったのは——詰め所で見た、クリス・アシュレイルである。

あれはたしかに、女だった。

寄宿学校時代、クリスはたしかに男だった。突然体が女に変わるなど、考えられない。

げっぷを出し続ける体質自体も考えられないことではあるが——。そう、あのげっぷの癖《くせ》も、いつの間にか消えていた。

替え玉か。そうだとしたら、奴の王杖就任は覆《くつがえ》せる。

(替え玉を使って評価を得て、自分は安全なところでぬくぬくしていたというわけだ)

女を使って、サミュエルをたらしこませた。最低な奴である。

フレデリックは何年もかけて、領地の運営を確かなものにし、緑の陣営での足場を作ってきた。

仕事もせずに議会でぼうっとしているだけの、能無しどもと俺は違う。

「言ってごらんなさい。あなたが長年、努力を重ねてきたのは知っています。間違った人事がなされるおそれがあるというのなら、私から王太后さまに進言いたします」

フレデリックは、ふるえる声をしぼりだした。

「殿下のそばにはべっているクリス・アシュレイルは……」

「――クリス・アシュレイルは？」

ノアの瞳が、じっと自分をとらえている。黒曜石のようなきらめきを持った瞳。すべてを闇の中にひきずりこもうとする。ぞっとするほどのまなざしで。

「女なのです」

言ってしまった。もう後もどりはできない。フレデリックはこぶしをにぎりしめる。

フレデリックはこのノアの力を知っていたからこそ、みずから彼に接触するようなことはしなかった。彼の配下になれば簡単に出世できることを知りながら、そこだけは「どうしても触れてはならぬ禁忌《きんき》」のような気がして、本能が避けていたのだ。

彼の成功者としての自負が、ノアを徹底的に遠ざけていたのである。

俺は実力のある男だ。占い師になど頼らずとも、自分の力でのしあがることができる

──。

そう信じてやってきた。これまでは。

「ほう。面白い」

ノアは目を細めて、不気味に笑った。

「安心なさい。あなたの心配の種は、すぐにでも取り除くことができるでしょう。アシュレイル卿の席は、緑の陣営から消える」

「……」

「あなたは緑の陣営になくてはならない人だ、フレデリック・モリス」

それだけ言うと、ノアは長い髪をなびかせて、フレデリックのもとから音もなく去っていった。

ひどく冷える夜だというのに、汗がとまらない。汗のしずくが不快に背中を這《は》った。

とりかえしのつかないことをしてしまったのだ、と悟った。

フレデリックは乾いたうめきをもらしていた。

＊

イルバス王宮、緑のサロン。

イザベラは、召集に応じた面々をながめた。

大部分の席を占めるのはノアが爵位を融通した貴族たちである。彼らはイザベラのために動く忠実な駒だった。

イザラムの救援活動に同行したのはノアの息のかかっていないごくわずかな者たちのみ。彼らのほとんどは、いまだにイザラムにとどまっているときく。

ちょうどよい。最近の王子の様子を知っている者がいては、事が運びにくくなる。

「みなさんに伝えなければならないことがあります。我が息子、サミュエルに関してです……」

臣下たちは王太后の言葉の続きをいまかいまかと待っている。

「過酷な救援活動が負担をかけたのでしょう。サミュエルは病《やまい》にかかり、政務を行うことはもはや不可能。我が離宮で静養しております」

「なんと」

「殿下が」

「イザラムはひどい悪天候であったとか。殿下のような尊い身分のお方が御自《おんみずか》ら救援活動などなさらずとも……」

ざわめく臣下たちに、イザベラはうなずいてみせる。

「私もこの王都から、ひたすらに息子の無事を祈る日々でした。ですが嫌な予感は的中してしまった。尊いベルトラムの血を守るため、しばらく彼を休ませてやることを、許していただきたいのです」

イザベラは目配せをして、そばにいた臣下にそれを運ばせた。

精緻《せいち》な金細工がほどこされた箱。ベルトラムの紋章が中央に配され、サミュエルの瞳をそのままうつしとったかのような、黒みがかったグリーン・サファイアが嵌《は》め込まれている。

「サミュエルの国璽をあずかりました」

イザベラは箱を開け、国璽を持ち上げてみせた。ずっしりと重たそうなそれを赤子のように胸にかき抱き、陶然とした表情をうかべている。

「政務不可能なサミュエルにかわり、私があなたがたを導いてみせましょう」

手前に座っていたひとりの臣下が、おそるおそる口をひらく。

「王太后さま。恐れながら申し上げます。国璽を代わりに押印できるのは、王杖のみ。サミュエル殿下に王杖はいらっしゃいません……」

イザベラは、その男に冷え切ったまなざしを向けた。

「王が病の状態なのですよ。今そのようなことを言っている場合ですか」

「しかし、我が国の王はひとりではない。サミュエル殿下が政務不可能な場合は、アルバート陛下かベアトリス陛下の国璽で、事案を決定するべきかと……」

「反逆罪です。その男を捕らえて」

イザベラは声を荒らげた。

「サミュエルに対する反逆罪よ！　あの子の国璽を認めないなど！　この国の共同統治制度そのものに対する冒瀆《ぼうとく》よ‼」

「王太后さま、どうか落ち着いて」

「はやくあの男を捕らえなさい‼　そうでなければここにいる者全員を罰することにします‼」

イザベラに意見した男はすぐさま捕らえられた。彼を拘束したのは、ノアの配下の者たちである。

彼らはイザベラに、意味ありげに目配せをしてみせた。

彼女はほほえんだ。

――ほら、サミュエル。母さまはいつだって正しいわ。ノアの分身が、あなたを守ってくれたじゃないの。この不敬な男をつまみだすことも、彼らがいなければ叶《かな》わなかったでしょう。

息子のために、緑の陣営をよりよきものにする。

それが母の愛。愛する子どものためならば、どんなことでもできるのだ。

サミュエルを守ることは、ベルトラム王家を守ることだ。きっとこのサロンにいる面々はもちろん、アルバートやベアトリスも、国民たちも、理解してくれるはず。

「サミュエル・ベルトラム・イルバスの国璽は彼の母である私のものです。サミュエル本人にも了解を得ています。彼が回復し、イルバス国王のひとりとなるその日まで。西部地域の統治は、私の手によって行います」

平伏する臣下たちを見下ろし、イザベラは高らかに言い放った。

「お見事でした」

ノアはイザベラの肩を撫でた。彼女はほほえみ、彼の手に自らのそれを重ねる。

「あなたのおかげで、助かったわ」

緑の陣営の議席は、少しずつノアの配下の者たちが侵食している。ノアは故郷の国から呼びよせた、貴族の家柄の次男や三男に、爵位をあたえたのである。

実家でくすぶっていても活躍の見込みはない。しかし頭のできも腕っぷしもいまひとつで、どの分野でも活躍できない。そんな実家のお荷物となった彼らは、喜んでノアの呼びかけに応じた。イルバスで領主として生きていく。ただし、実際に統治をするのは面倒。西の領地は実りも少なく、一生懸命になるほどの気持ちも湧いてこない。中にはイルバス語すら解さず、領民の代表者と満足に話をすることさえできない者もいた。

しかし、それこそ好都合であった。計画を遂行するには、無能な者の方が扱いやすい。

王太后の望みを叶えるのに、下手《へた》な知恵者などいらないのである。

星の動きを曲げる行いだった。運命はゆがんでいった。

ノアはそれが、たまらなく面白かった。

目障《めざわ》りなほどにまぶしい銀の星によって修正されそうになった運命は、再びノアの手でくるいだす。

ノアは目を細めた。

ベルトラム王朝を、自らの手で動かしてみせる。

かわいそうなひとりの母親だって、それを望んでいるのだから。

イザベラが信頼しきった視線を向けてくる。

「やっぱり私の味方はあなただけよ、ノア」

「もちろんです、王太后さま。ふたりでサミュエル殿下をお支えいたしましょう」

＊

「サミュエル殿下がいなくなった？」

イザラムでの救援活動を終え、エスメは久々に故郷の地を踏んだ。

兄のクリスとして、エスメはイザラムの復興のために心血を注いできた。すべてはサミユエルの意志のもと――この地に平和をもたらすために。

当初の目的であったスターグの援助の件は宙に浮いたままだが、緑の陣営の仲間たちからさまざまなことを教わり、この地に戻ってきたエスメは、以前よりもずっと自分が成長したような気持ちになっていた。

よその領主たちとも親しくなり、エスメは油を融通してもらえるよう、約束をとりつけることができた。そのかわりに、彼らはエスメの育てていたイモに興味をしめしていた。イモの栽培が成功するかどうかはわからないが、互いの領地で親交をふかめ、助け合っていこうと誓い合った。同じ寒さを乗り越えた者同士、結束力は高まっていった。

たしかな手応《てごた》えを感じていた。――それなのに。

「殿下は今回の救援活動にかんしてアルバート陛下への報告、それからイザラムでの離宮建設について王太后さまに真意をたずねるために、ひと足先に王都に戻られたのでは？」

「そのはずなんだがね。無理にでも私がついていくべきだった。青の陣営の者たちに護衛を任せたから安心していたのだが」

ベンジャミンは物憂《ものう》げにため息をつく。

サミュエルが忽然《こつぜん》と姿を消した――。その知らせを受けたベンジャミンは馬を走らせ、スターグに住むエスメのところまでやってきた。

エスメは蒼白になる。

「まさか生活の苦しさゆえに、サミュエル殿下を逆恨みする者のしわざだったり……」

　イザラムにやってきたばかりのことを思い出す。村人たちは緑の陣営の一行に対して不信感を抱いていた。まだ西部地域のほとんどの民は、実際のサミュエルを見たことがないし、彼の人となりに触れることができていない。為政者の実態がわからなければ不安はみるみる育っていくものだ。

「それはないだろう。殿下が王都に到着したという報告は受けている。エスメ、君は知っているか？　占い師ノアの悪行についてだ……」

「……耳にはしていました」

　占い師ノアは金銭的に苦しい思いをしている貴族たちから爵位を買い取り、緑の陣営の椅子を手駒の者たちで占めようとしている――。

　しかし、サミュエルはこれに気がついているようだったので、あえて進言はしなかったのである。

「サミュエル殿下がご自身の意志で動くようになったからだろう。イザベラ王太后さまの行動はどんどん過激になる。加えてイザラムに離宮の建設ときた。アルバート陛下もベアトリス陛下もこれは寝耳に水のはずだ。サミュエル殿下は離宮の建設を止めようとしていらっしゃった。しかし彼の意志は反映されていない。現在も、工事のために人が集められている」

「サミュエル殿下の国璽を、王太后さまがあずかっているそうだ。彼女が殿下を隠してしまったと考えるのが妥当《だとう》だろう」

「誰の許可もなく？」

聞けば、イザベラが自ら緑のサロンに出向き、サミュエルの体調不良を訴えたのだとか。

たしかにサミュエルは体が弱い。急いで王都へ戻る道すがら、体調を崩すことも十分にありえることだ。だが……。

（イザラムでのサミュエル殿下を見れば、離宮の建設を阻止するという目的がありながら、何日も寝込むなんて考えられない。イザラムにいたときの殿下は、西の現状をしっかりと理解されていたはずだ）

体に鞭《むち》を打ってでも……這ってでもイザベラのもとへ談判しに行きそうなものである。

ただでさえ資金難の緑の陣営だ。

離宮の建設にかかる莫大な費用が、現在の税収だけでまかなえるとは到底考えられない。増税あっての計画だ。サミュエルはなにがなんでも止めなくてはと思うだろう。重税を課せば国民が苦しむのは必至である。

「殿下は……占い師ノアや、イザベラ王太后のもとへ向かい、そして自力では外に出られない状況になった、ということでしょうか」

「そうなるだろう」

「助けに行きましょう」

エスメはまっすぐにそう言った。

「すぐにでも、サミュエル殿下をお助けしなければ。西の民は彼を待っています」

「そう言ってくれると思って、君に相談したのだ。なにぶん私ひとりでは動きづらくてね」

ベンジャミンは目を細めた。

「囚《とら》われの王子を救い出すのは、勇敢な姫君であるべきだろう」

＊

クリスは注意深くあたりを見回しながら、教会に足を運んだ。

初めての人と会うのは緊張する。喉《のど》のあたりで、ごろごろとした不快な感覚がわだかまっている。

探るように、一歩一歩足を動かす。

「クリス・アシュレイル卿」

クリスはとびあがりそうになった。柱の陰から、黒いマントに身を包んだ、背の高い男が姿をあらわした。年は重ねているようだが、やたらと顔は整っている。長い髪をひとつに結び、肩に垂らしていた。

「驚かせてしまいましたね」

「げっ……げはっ……はい」

なんとかげっぷを呑み込むと、男は人の好《よ》さそうな笑みを浮かべる。

その笑みは、いかにも作りものめいて、かえって人を警戒させる。

「おかけください。人払いはしてあります」

クリスは椅子に腰をかけた。落ち着かなくなり、左右の手を組んでは離し、靴先に視線を落とした。

そんな手なぐさみなどなんの気やすめになるはずもなく、彼は思いきって口を開いた。

「……い、妹の件にかんしてですが」

声がひっくりかえりそうになる。

クリスが勇気をふりしぼってこの男に会うことにしたのは、他でもない。双子の妹のエスメにかんして、思わせぶりな手紙を受け取ったからだ。

エスメ・アシュレイルの罪について、話したいことがあると――。

彼女は自分の代わりに過酷な救援活動へと向かったのだ。クリスはそのことを申し訳なく思いながらも、屋敷の中でのうのうと過ごしていた。

この、占い師ノアからの手紙を受け取るまでは。

エスメはこのことを知らない。彼女に余計な負担をかけたくなくて、クリスはずっと、この不吉な手紙を上着のポケットに入れっぱなしにしていたのである。

妹本人からは、報告を受けている。サミュエル殿下に女であることがバレてしまったと――。だが彼は、エスメのことを見逃してくれたらしい。イザラムではエスメの望む通り、引き続き仕事を与えたとか。

エスメがやりがいをもって仕事に取り組んだとのことなので、クリスは安心していたのだ。

しかし、いくらサミュエルが許したとしても、王太后やほかの貴族たちがこのことを知れば、看過しないはずである。

「……ノ、ノアさんは、すべてをご存じでいらっしゃるとのことですね」

「はい。手紙にある通りです。妹君《いもうとぎみ》が身分を偽《いつわ》っていることを、私は存じ上げているのです。このことには王太后さまもたいそうお怒りで――」

「ぼ……僕が悪いんです。勇気を持てなかった僕が。妹になんら罪はありません。僕ひとりで負える責めなら、なんでもあまんじて受けます。しかし妹のことだけは勘弁してやってくださいませんか」

ノアは首を横に振った。

「そういうわけにはまいりません。私は王太后さまの……一介の占い師に過ぎない。彼女のご意向に背《そむ》くわけには……」

「そ、そんな」

王族に身分を謀《たばか》った罪。これは相当なものである。所領は取り上げられ、財産もすべて没収。着の身着のまま、屋敷を追い出されることとなるだろう。

自分のことはいい。飲んだくれて、昼も夜もわからぬような生活をしている父親も、自業自得というものだろう。しかし、誰よりもスターグのために働いていたエスメがそんな目に遭《あ》うのはあまりにも不憫《ふびん》である。

妹のことだけは、なにに代えても守らなくては。

「お願いです。妹にはまだ将来が……。これから勉強する機会を作ってやりたいし、きちんとした結婚だってさせてやりたいんです」

「……アシュレイル卿。あなたはご自身の家柄に執着をお持ちですか？」

「え？」

「所領や財産を取り上げられ、このままうち捨てられるか。それともこのスターグの地を手放すかわりに、新しい生活を手に入れるか。私がお力添えしてさしあげられるのは、その程度のことですが……」

ノアはもったいぶった口調になった。

「新しい人生を始めてみるというのは、いかがですか？」

クリスは、汗ばむこぶしをにぎりしめた。

＊

暗闇だった。

だが、居心地はよかった。

なにも考えずにすんだ。しっとりとした闇は、サミュエルを愛し、慈《いつく》しんでいた。母の胎内のように。

サミュエルは目を閉じていた。自慢であった瞳の色は、ここではわからない。それでも良いと思った。この苔《こけ》のようなまだらな緑の瞳はしょせん、優秀であった王配の祖父エタンに似ている外見的特徴というだけだ。サミュエル自身の価値を高めてくれるものではなかった。

「サミュエル。こちらへいらっしゃい」

母はサミュエルの手を引いて、蝶のように飛び回る。サミュエルをおびやかす者はここにはいない。

サミュエルはいつのまにか小さな子どもに立ち戻っていた。母と自分だけが世界のすべてだったあの時代に。

（姉さまはどこ？　兄さまは――……）

　サミュエルは心のうちでつぶやいた。ふたりの姿は見えなかった。ふわふわのドレスの裾《すそ》が、自分の頬にあたるだけだった。サミュエルは母の手をしっかりと握りしめた。

「母さま。アンは？」

「アンもいるわよ。安心なさい。子ども部屋に、みんないるの。ベアトリスもアルバートも、アンもルークも」

　ルーク。サミュエルはなにかを思い出しかけた。心の奥がざわめいた。しかしそのざわめきを、明確に言葉にすることができなかった。

　イザベラが蠟燭《ろうそく》に火を灯《とも》した。ぼんやりと浮かび上がったのは、離宮の子ども部屋だった。サミュエルは長いこと、この部屋で過ごした。お気に入りの絵本や兵隊の人形、クマのぬいぐるみ。アンがしっぽを振って、うれしそうにサミュエルにまとわりつく。

　アンは、いつかの誕生日に、ベアトリスがサミュエルにプレゼントした犬である。サミュエルが寂《さび》しくないようにと。

「姉さまは？」

「いるわよ」

　母はソファを指さした。少女のベアトリスが、こちらに向かってほほえんでいる。ふわふわとした金色の髪に、新緑のような鮮やかな緑の瞳。姉は世界中でいちばんと言っても良いほどの、愛らしい少女だった。

　彼女の手をしっかりと握るアルバートは、大人びた顔つきで、サミュエルのことをながめている。

「よかったわね。サミュエルはベアトリスが大好きだもの」

　母に背を押され、サミュエルはおずおずとベアトリスのもとへ進んだ。彼女は目を細め、「私のサミュエル」と彼の手をとった。

　サミュエルは、ぞわりとした。

　姉さまは、もう僕を「私のサミュエル」とは呼ばないはずだ。

「サミュエル殿下。殿下のお好きな菓子をご用意いたしました。どうぞこちらへ――」

　なつかしい声がした。

　テーブルのそばで、ぼんやりと浮かび上がったのは、ルークの姿だった。

「どうしてお前がここにいる」

「どうして？　私は殿下の一の臣下です。どこへ行くにも殿下のおそばを離れたりはいたしません」

「……お前は、死んだはずだ」

「なんのことだか」

　ルークは如才《じょさい》のない笑みを浮かべた。

「お疲れのご様子。悪い夢を見ていらしたのでしょう。殿下はこのお部屋で、ゆっくりと心と体を休ませるべきです」

疲れていたのか？

これまでのことは、すべて夢だったのか？

僕はまだ、幼い少年で、ルークはまだ生きていて。

すべてをやり直せるのか？　この子ども部屋の中で。

僕の世界は、僕を愛する者だけ。

僕を憎み、罵《ののし》り、否定する者たちはどこにもいない。

「さあ、サミュエル。好きなお菓子をひとつ選んで、こちらへいらっしゃい。母さまが絵本を読んであげましょう」

母は敷物の上に腰をおろし、手招きをする。

「サミュエル殿下、どうぞおひとつ」

ルークがテーブルをしめす。子どもにとっては、背の高いテーブルだった。サミュエルは背伸びをして、テーブルの上をのぞき込もうとする。みかねたアルバートが彼をぞんざいに抱き上げた。

そういえば、昔はもたもたしていると、兄さまは僕を犬猫みたいに抱きかかえて運んでいたのだった。

「どれにするんだ？」

特段興味もなさそうに、アルバートはたずねた。

色とりどりの焼き菓子が並んでいる。サミュエルは指先をさまよわせた。

なにか大事なことを、思い出しかけていた。

＊

部下から報告を受けたベンジャミンは、ため息をついた。

「やはり、サミュエル殿下は王都の王太后さまの離宮にいらっしゃるようだ。給仕係を買収した。彼のために毎日食事を運んでいるのだとか」

「殿下は体調を崩されていると聞きましたが、食事ができるくらいには回復されていると？」

「食事に混ぜ物がされているらしい。ノアは人の精神に影響をおよぼす薬を使うそうだ。サミュエル殿下は、食事や飲み物に薬を混ぜられ、自力では脱出できない状況なのだろう」

「混ぜ物……？」

「ノアの過去を洗った。巧妙に隠されていたが、ベアトリス女王の間諜《かんちょう》に手を借してもらって、すみずみまで調べさせた。故郷では有名だったようだ。ペテン師としてね」

ノアのやりくちは大抵決まっていた。悩み多きご婦人に近づき、星読みと称して彼女たちの運命を占う。ご婦人たちの過去の出来事や抱えている悩みについて、ノアは大抵のことを当ててしまう。外すこともあるが、かえってそういうときは本領を発揮し、たくみな話術で女たちの悩みを、あっさりと聞き出してしまう。

ご婦人たちは占いの魅力にみるみるとはまってゆく。そうして友人や家族にもけして口にできないような、心の奥深くにある心情を吐露《とろ》してゆく。

そのとき、あたりにはいつも甘い香りがただよっているのだという。

「運命は星がしめしている。あなたの星がもっとも輝くときはいつなのか、ご覧に入れましょう……彼がそう語るときは、たいていご婦人たちの手には特別な薬が握られている。その薬によって、いっとき心が楽になるのだ。思考をすべて放棄し、運命に身を任せてしまいたくなる、まやかしの薬だ」

「なぜ今まで、イルバスの王宮はノアを放っておいたのですか」

「王太后さまが彼によって回復されたからだ。サミュエル殿下をお産みになってから、彼女はひどい精神錯乱を起こすことがあってね。誰も手に負えなかったのだ。唯一、ノアが彼女をおさえる役目をになっていた。星読みの男はどこぞの貴婦人より、王太后さまに紹介され、以来彼はイザベラさまの専属の占い師となった」

ノアはけして己《おのれ》の立場を主張しなかった。王太后から十分すぎる報酬を得ていたが、爵位を求めたり、王宮内での地歩を固めるようなことはしなかった。彼はあくまで王太后の占い師であり、それ以上でもそれ以下でもなかった。

「しかし、爵位を買い集めて暗躍していました」

「王太后さまの命令で、サミュエル殿下を守るためにね」

「名ばかりの領主はきちんと領地経営をしなかった」

「それもすべて王太后さまのお望みだ」

「どうして？」

エスメは理解できなかった。イザラムのような見捨てられた土地が増えれば、わりを食うのはサミュエルである。イザベラは王子の母親だ。そのようなことを望むのか？

「サミュエル殿下に統治の能力がないとわかれば、彼から王冠を奪い取る口実になる。サミュエル殿下が意地でも王位継承権を手放そうとしなかったので、彼のやることなすことがすべて失敗に終わるよう、先手先手を打っていたのだ」

イザベラは、サミュエルの統治がうまくいかないことを嘆《なげ》き、息子を心配しているように装いながら、裏では彼がけして自分の力で前に進めないように、工作していたというのか。

「サミュエル殿下が王位継承権を手放そうとしないのならば、彼を籠《かご》の中の鳥にしてしまう。そしてノアとふたりで政治を行えば良いとお考えなのだろう」

「殿下から王冠を奪って、イザベラ王太后さまにどんな利があるというのです」

「息子が国のものになることを、阻止することができる」

「……理解できない」

エスメは憤慨《ふんがい》した。

「子どもは巣立つものです。羽をもぐような行いは母親のすることではない」

「イザベラさまにとって、巣立ちは喜ばしいことではない。そうだったとしても？」

ベンジャミンは、静かにたずねた。

「……それでも、サミュエル殿下が王になりたいと望むのなら、支えてやるのが周囲の人間の役割です」

「その通りだ」

「どうします。サミュエル殿下が王太后さまのもとにいる以上、強引に押し入るわけには……」

賊に攫《さら》われたわけではない。

王都の離宮に侵入し、サミュエルを連れ出してしまえば、王族を誘拐をしたととらえられかねない。サミュエルはイザベラにとって目に入れても痛くない息子である。このまま彼女のもとにサミュエルを置いていたとしても命の危険はないはずだが、サミュエルの意志を無視した政治が行われてしまうのは非常にまずい。

　サミュエルはそれを、絶対に望まないはずだ。

「味方は少ない。現在王宮にいる緑の陣営の一党は、ノアの配下の者が占めている」

　下手《へた》に動けば、彼らに勘づかれる。どうするべきか。

　そのとき、もんどりをうつようにして部屋に現れたのは、レギーであった。

「お嬢さま‼　大変です‼」

「レギー、お客さまがいらしているんだから、静かにして……」

「それどころじゃないんです。クリスお坊ちゃまが、怪《あや》しげな男と面会して、そのまま馬車に乗せられてどこかに行ってしまったんです！」

「は……？」

「黒いマントのおじさんです。男のくせに長い髪をしていました。うさんくさい男でしたよ。クリスお坊ちゃまは、きっと見世物小屋に売り飛ばされちゃうんだ。世にも奇妙なげっぷ人間とか言われて……」

　レギーが蒼白になり、おろおろとしている。

「どういうことなの。レギー、しっかり説明してちょうだい」

「く、口止めされてたんですけど……」

　レギーはぽつりぽつりと、話し始めた。

クリス宛に、妙な手紙が届いた。

エスメの行動について、ほのめかすような内容であったらしい。妹に心配をかけたくないと、クリスはひとり、手紙の差出人に会うことにしたのだという。

(……フレデリックの手の者か?)

やはりあのとき、女だということを知られていたか。

エスメが苦い顔をしていると、ベンジャミンは首を横に振った。

「エスメ、おそらく君の考えている人物の差し金ではないだろう。クリスはその男のことを『ノア』と呼んでいたのではないかね?」

「そうです。さすがお嬢さまの尊敬するピアス先生!」

「ノアが、どうして?」

「秘密の出所は、フレデリックかもしれないがね。エスメ、君は目立っていた。王杖候補のひとりとして名が上がっていたんだ。なにか探られて痛いところはないか、ノアは調べていたのかもしれない」

そうしてサミュエルのおぼえめでたい〝クリス・アシュレイル〟の正体を探り当てたノアは、クリス本人に接触したというわけだ。

クリスは勇気をふりしぼって、ノアのもとへと向かった。

レギーは留守番を頼まれていたが、居ても立ってもいられず、こっそりクリスの後をつけたのだという。

「クリスお坊ちゃまは、げっぷをがんばって押さえ込みながら、そのノアというおじさんに会いに行ったんです。きっといっぱい脅《おど》されて、逃げられなくなっちゃったんだ。じゃなきゃ今頃お屋敷に帰って、あたたかいスープを飲んでいるはずです。あのおじさん、暗いし怖そうだし、一緒にいてもつまんなそうだもの」

「……アシュレイル家の爵位を、買い取りに来たのかも」

エスメは顎《あご》に手を当てて、うろうろと歩き回った。

もしベンジャミンの言うことが本当ならば、ノアや王太后にとってエスメは邪魔者である。ノアの配下ではない貴族で、最近サミュエルが重用していた人物。フレデリックなどは、エスメを王杖候補と勘違いし、つっかかってくるほどだったのだ。

サミュエルに王杖をもたれては、彼の玉璽を管理するという名目が失われてしまう。

「アシュレイル伯爵《はくしゃく》をノアの配下にすげ替えてしまえば、その脅威《きょうい》はなくなるというわけか」

ベンジャミンは思案顔で言う。

「この家の財政は苦しいものなのだろう。クリス・アシュレイル卿はノアの話に乗ってしまうのではないのかね。妹にいつまでも負担をかけ続けるわけにはいくまいと――」

「それは……」

「それは、ありえません！」

エスメが言う前に、レギーが声をあげた。

「クリスお坊ちゃまは、暗いしうじうじしているしげっぷばかりしているお方ではありますが、エスメお嬢さまがサミュエルさまのもとでの救援活動にやりがいを見いだされたことをとても喜んでいらしたのです！　エスメお嬢さまがいきいきとすること。それは西の人々の役に立てること、スタッグをもり立てることです。それがひいてはクリスお坊ちゃまの心からの望みなのです。だから髪の長いおじさんがそんなことを言ってきたとしても、お坊ちゃまは断ると思います。エスメお嬢さまがスターグを出ることになったら、意味がないですから」

「レギー……」

自分たち兄妹のことをよくわかっている。おちびの従僕は胸を張った。

「なので、クリスお坊ちゃまは今とても危険なのです。どこへ連れていかれたのか、追ってたしかめないといけません。髪の長いおじさんの要求を呑まないとなると、なにをされるかわかりませんから！」

エスメは、壁にかけられたレイピアを手に取った。

再び男になるときだ。愛する人たちを、助け出すため。

「ノアが兄を連れていったのだとしたら、目的があるはずです。兄が取引に応じなかったので、次の手段に出ることにした。王都へ連れて行き、王太后さまに命じさせて爵位の放棄をせまるつもりなのでしょう。どのみち、ノアは王太后さまをいいように操っている。ノアとの全面衝突は避けられません。私が兄を助け、ノアを糾弾します」

ベンジャミンはうなずいた。

「私はノアの過去の罪状をまとめあげ、アルバート陛下に報告する。緑の陣営の内部は腐りきっている。青の陣営から圧力をかけ、ノアを取り除くほかあるまい。青の陣営の協力をとりつけたのちに必ず、君のもとへ向かおう」

「僕もお嬢さまにお供します！」

レギーは小さな手をめいっぱい上げてみせたが、エスメは首を横に振った。

「だめよ。あなたはここに残って、飲んだくれのお父さまの面倒を見ていて」

「いっつも留守番で究極につまんないです！」

「正直に言ったね。でも、私たちがどちらも戻らなかったら、助けを呼びに行けるのはあなただけだよ。ピアス先生に、私たちのことをきちんと連絡するの。いいね？」

「連絡するのは、ピアス先生だけなんですか？　誰か応援を呼んだほうがいいのではないですか？」

エスメは迷った。緑の陣営の貴族たちで、信頼できるのは救援活動に同行した者たちだけだ。サミュエルのために共に働いてくれた彼らなら、王子の危機にかけつけてくれるはず。だがまだイザラムに残っている者がほとんどで、この緊急時に間に合いそうな者といえば――。

「……フレデリック・モリスに、応援を頼んで」

ベンジャミンは意外そうな顔をした。

「彼には暴力をふるわれたと聞いているが」

「それでも、彼は彼なりに必死で、緑の陣営の一員として身を立てようとしていたんです。ノアの手先でもない。彼のことは嫌いだけど、助けられたこともある。緑の陣営にとっては必要な人物だと思います」

それがエスメの正直な気持ちであった。

「なるほどね。それもひとつの正しい判断だろう」

ベンジャミンはひとつ息をはさむと、レギーに向かって声をかけた。

「そういうわけだ、レギー少年。頼まれてくれるかね」

「連絡係はつまらないと思いましたが、精一杯やります！」

「私の仕事にはベアトリス陛下への連絡係も含まれている。退屈なんてことはない、毎日がこうして事件の連続なのだからね」

「それならばやる気が出ます！　連絡係のレギーにお任せください！」

レギーの頭をひとなでしてやると、ベンジャミンはエスメに向き直った。

「赤の陣営より幾人かの護衛をつけよう。危なくなったらすぐに撤退を。今は兄君を助け出すことを優先しなさい」

「わかりました、ピアス先生」

「健闘を祈る」

エスメは馬の背にまたがり、レギーのしめした方角をたどった。馬車のわだちの跡を追いかけて、全速力で進む。

どうか、間に合って。

——クリスも、サミュエル殿下も、私の手で救い出す。

サミュエル殿下、あなたがそばにいれば、私は欲張りでいてもいいのだから。

男も女も関係ない。やり遂げるという気持ちがあれば、人はいくらでも強くなれるのだ。

＊

体の震えが止まらなかった。

馬車の窓から外をのぞきこむ。景色はどんどん移り変わっていった。うら寂《さび》しいスターグの地は遠ざかり、新しい建物やにぎやかな商店の連なる通りに入った。

思いがけぬ遠出となった。王都まで行くとは思っていなかったので、旅の備えをしていなかった。道中はずっと、他人の世話になりっぱなしである。

「アシュレイル卿。食事はお口に合いましたかな？」

「お、おいしいです……」

乾いたパンと干し肉を手に、クリスは愛想笑いをうかべてみせた。

せっかくだからもっとごちそうをたかってもよかったが、これからのことを考えると、食欲が湧かなかったのである。

げっぷが出そうになったので、咳払《せきばら》いをしてごまかした。ノアは一瞬、不快そうに眉を寄せたが、またすぐにもとの無表情に戻ってしまった。

彼は作り笑いをするのはやめたようだ。あの笑顔は苦手だったので、ほっとした。ほっとできるような状況でもないのだが。

（エスメ……レギー……今頃僕を探しているかもしれないな。父さんは僕の不在に気がつかず、ずっと寝こけていそうだけど……）

ノアから爵位を売り渡すように言われた。

クリスは、それを拒絶した。

彼の回答はノアにとって意外なものだったようだ。普通に考えれば、クリスに選択肢などなかった。身分を偽って妹を出仕させ、自分は屋敷の中で引きこもり、サミュエルの役に立ったことなど一度もない。領地の経営はお粗末なもので、サミュエルの支援を期待している身である。厳罰は免《まぬが》れないだろう。

クリスとて、アシュレイル家に自分ひとりであったならノアの誘いに乗ったかもしれない。

（……ノアは、なぜ僕を呼び出し、エスメの罪を盾に爵位の売買を持ちかけたのか。そこにサミュエル殿下のご意志は介在していない。イザベラ王太后さまのご意向だけだ）

ならば、まだ決断するのは早いのではないか。

他でもないサミュエル本人が、エスメの正体に気がつき、その上で彼女の活動を許していたのだから。

女の政治家などいなかった。騎士団に女は在籍していなかった。女王以外の女はいつだって、会議の間の円卓には座れなかった。

サミュエルが女の部下を容認した。その事実が、ノアたちにとって見すごしてはおけないものだったのかもしれない。

「到着しました。ここからは粗相はおひかえください」

サミュエルは、見上げるほどの高い門を前に、大きくげっぷをしてみせた。もうノアはいちいち反応しなかった。

王都の片隅にある、イザベラ王太后の離宮である。

石造りの庭園や噴水広場、小さな動物園や美術館。王族専用のレストランにコンサートホール。この中には楽しめるものがなんでも揃《そろ》っている。

裏門から、ひっそりと足を踏み入れる。そこには王子たちの学舎として建てられた、中屋敷がそびえていた。

「現在は、私専用の執務の場となっております」

王太后専用の、占いの館か。

ノアが目配せをすると、警護の者が扉をあける。

「奥の部屋で、王太后さまがお待ちです」

暗闇の中、ぼんやりと浮かび上がる蠟燭《ろうそく》の明かり。

甘ったるい香りが鼻をかすめた。

クリスは、ごくりとつばをのみこんだ。


……入ったか。

エスメは、注意深くふたりの様子を見守っていた。

馬にはかなり無理をさせたが、間に合った。問題はここからである。

通称「占いの館」は、厳重な警備が敷かれている。

（ピアス先生がつけてくれた、赤の陣営の護衛たちが役に立った。ここまでたどり着いたのは良かったけれど……）

ベンジャミンから病床《びょうしょう》のサミュエル宛に重要な書類を預かっているという名目で、離宮の敷地内には潜入できたものの、ここから先はノアか王太后の許しがなければ進めない。

「どうしますか？」

護衛たちは心配そうにたずねる。

「このままだと、王太后の使いの者たちに書類を手渡して終わりになってしまう」

エスメはくちびるをかんだ。

なんとかうまいこと、兄と接触することができれば。

クリスと入れ替わり、彼だけでも館から逃がすことができる。

エスメは懐《ふところ》から、小瓶に入った薬剤を取り出した。

ノアは奇妙な薬を使う。精神に甘い罠《わな》を張り、人の心に巣くう、まやかしの薬を。

薬を使われる前に、相手を前後不覚にしてしまえば、勝機はある。

『サミュエル殿下直伝《じきでん》の品だ、もしものときのために持っておきなさい』

ベンジャミンから手渡された眠り薬だ。薔薇《ばら》の香り付けがしてあり、一見するとただの香水のようである。

エスメは薬をにぎりしめて、護衛たちにたずねてみた。

「これ……使ってもいいと思いますか？」

彼らは黙っている。いいと言えるはずがない。エスメもこれを使うことにためらいがないでもないが、やらねばならないときはある。

＊

小さなサミュエルは指先をさまよわせていた。

暗闇の中、ほんの小さな明かりだけを灯した子ども部屋。彼は華やかな焼き菓子が載《の》った皿をのぞきこんでいた。

サミュエルを抱きかかえるアルバートは、いらだたしげに言う。

「早くしろ」

菓子は色とりどりのジャムやチョコレートが挟まれていた。花や馬、月や星。子どもが喜ぶような型に抜き取られている。

そのなかで、ひときわ不格好な菓子が、端っこにちんまりと載っていた。長方形で、手のひらにおさまるほど。そこにぎっしりと詰められたのは真っ赤なベリーである。

これは、味をおぼえている。口に入れればがさがさと崩れて、乾いたベリーが舌の上にぼろりとこぼれる。お世辞にもおいしいとは言えた代物《しろもの》ではない。

だが、なぜか吸い寄せられた。サミュエルはその菓子を手に取った。他の菓子は魔法のように皿から消えてしまった。

アルバートはサミュエルを床におろした。

なぜだろう。宮廷の料理人たちが用意した、絵本に出てくるような美しいお菓子には、心が惹《ひ》かれなかったのだ。

「ベリーは嫌いじゃなかったのか？」

アルバートがたずねる。サミュエルは、それを口にした。甘酸っぱい。この酸味が、血のような赤い色が、とてつもなく苦手だった。人生は甘いことだけではない。人は甘やかすふりをして、突き刺すような痛みを与えることもある。

『あなたはこの陰鬱《いんうつ》とした地を変える、太陽の血を受け継いでいます』

かみしめる。

砂の城のように、菓子は口の中でぼろぼろと崩れてゆく。

あいつはできないことが多くて、それでもばかみたいにあがいていて、いつのまにか僕の隣にいた。

僕に文句をぶつけながらも、あいつだけが、僕の太陽の血を信じていた。

サミュエルは子ども部屋を見つめた。いつのまにか、背が伸びていた。少年の頃の兄を追い越し、少女のベアトリスは目をまん丸にしていた。

「ルーク。今までご苦労だったな。お前のことは忘れない」

ルークはなにか言いたげに口を開いたが、そのまますっと消えてしまった。

アンは高い声で吠《ほ》えて、子どもたちを連れて部屋を出ていった。

絵本を持ったまま立ち尽くす母の前で、サミュエルは声をあげた。

「母さん。もうままごとはお終《しま》いだ。僕はここを出ていく」

「ここは完璧《かんぺき》な世界よ。ここにいればみんながあなたを愛してくれるもの」

「そう。誰も僕を傷つけない。ここにいれば僕は痛みを知らずに生きていける」

「ならばここにいるべきだわ」

傷ついたり、痛みを知るのは、愚かさゆえだと思っていた。

つねに正しい選択をしていれば、傷つくことはない。痛みを知ることに意味がないとすらも。

「傷つき、痛みを知ったからこそ、僕は自分の選択に意味を与えることができる」

美しく咲く薔薇をつみとれば、柔らかい手指に棘《とげ》がささる。

それでも構わない。自分がつくる世界を手に入れるためなら、するどい棘すら、歓迎することができるのだ。

「僕は嵐になる。この国の王になるんだ」

景色が薄らいでゆく。母の幻影は何かを必死に訴えていた。だがそれはどこかから聞こえる、うなるような吹雪の音にかきけされ、サミュエルの耳には届かなかった。

——待っている。

この吹雪の中、民は僕を待っている。

そしてエスメ・アシュレイルも。

サミュエルは指についた菓子のくずをなめとった。

「まずい」

だが、血の通った味だ。

気に入らない味のはずなのに、なぜだか僕は笑っている。

彼は子ども部屋の扉を蹴飛ばし、暗闇の中、力強く歩き出した。

＊

「ようこそいらっしゃいました、クリス・アシュレイル」

王太后イザベラは、撫でるような声で言った。

館の最奥の部屋、彼女は椅子に腰掛け、ひざまずくクリスを見下ろしていた。

「遠路はるばるご苦労様でした。ノアが無理を言ったのではなくて？」

まさか、そうですとは言えず、クリスはいいえ、と声をしぼりだした。げっぷが喉でつかえていたが、なんとか「ごろごろ」程度で済ますことができた。

「あなたのしでかしたことについて、報告を受けています。サミュエルのそばにはべっていたのは、あなたの妹だとか。処分を受ける覚悟はできていますね？」

クリスはおそるおそるといった具合で、しゃべりはじめた。

「反省しております。体調が優れない私の代わりに、妹が出仕し、サミュエル殿下のもとで働いておりました。到底許されることではありません」

王太后は目を細めた。熱のこもっていないまなざしで、クリスをじっと見つめている。

「こ……これはすべて私の一存で始めたことです。どのような処罰も受ける覚悟。どうか私ひとりを裁いてください。妹は、出来の悪い兄をもった被害者なのです」

「そうね。誰かが足手まといになるならば、家族や仲間で助け合うのが世の美徳。しかしこのベルトラム王家は違います。王のひとりが無能ならば、他の王はその者を足蹴にする。国の繁栄のために」

イザベラは立ち上がり、クリスのもとへとつかつかと歩み寄った。

扇《おうぎ》を彼の顎にあて、上を向かせる。

「爵位を返上しなさい」

「イザベラ王太后さま」

「あなたの妹は、私のサミュエルに悪影響をおよぼします。男のふりをして剣をふりまわす下品な妹を連れ、西の地から出ていきなさい」

「いやです、お断りします」

「そんなことが言える立場なの」

「僕から爵位を奪い取りたいのなら、サミュエル殿下とおふたりの王に承認をとってください。ほ、本来はそうしなければならないはず。ところが不可解なことに、緑の陣営の者たちは、ころころと顔ぶれが変わると聞きおよびましたが、どういうことでしょうか？」

エスメから聞いている。ノアからもちかけられる、爵位の買収の件について。

うちの家だって、そんな話があってもおかしくない——。そのときクリスは、真っ先にそう思ったのだ。

だがイザラムへの救援活動でエスメが出会ったロバートというイザラムの元領主は、誘いに乗ったことを後悔していたという。そうだろう、とクリスは思う。クリスはふがいない跡取り息子ではあったが、けして領民たちを税金をしぼりとる道具だとは思っていない。貧乏だからこそ、今まで民と肩を寄せ合って生きてきた。自分なきあとの彼らのことが気にならないはずがない。

「なにを……」

「これは明確な越権行為です。アシュレイル家があなたから爵位の返上を命じられるいわれはない。僕はアルバート陛下とベアトリス陛下に嘆願書を提出します。爵位の売買を禁じ、もとの領主たちにその身分を返すようにと」

「生意気な。おとなしく言うことを聞いていれば、これからの暮らし向きには困らなかったのですよ」

「ぼ、僕は、僕は……」

エスメを守るんだ、兄だから。

いつも彼女に守られてきた。こんなときくらい、戦わずしてどうするのだ。

妹はあのきれいな髪を堂々と揺らして、サミュエル殿下のそばで働きたいと思ってる。

なにも言わずとも、それくらいわかるんだ。

女だから、エスメは様々なことをあきらめてきた。けれど、領民を救うこと、人の役に立つことだけは、けしてあきらめたりはしなかった。

僕は、妹が大事にしているものを、けしてあきらめたりはしない。

(僕は、やる。エスメの立場は、僕が守る)

クリスは息を吸い込んだ。

「げええ――――――っ!!」

意気込みすぎて、特大のやつが出た。王太后は目を丸くし、後ずさった。限界だったので思わず出してしまったが、彼女をひるませるには十分だった。クリスは王太后に背を向け、かけだした。

「誰か、あの男をつかまえて!!」

ノアが元の領主たちから爵位を買い取った証拠は、きっとこの館の中にある。なんとか見つけ出してみせる。

ノアがクリスの腕をとろうとしたが、彼はうまいことすりぬけた。

イザベラの侍女たちが自分めがけて手を伸ばしてくる。

クリスは床を蹴り、彼女たちの手を振り払った。


クリスのげっぷの音が聞こえた。

エスメは顔を上げた。気味の悪い館だった。昼間だというのに窓は閉じられ、厚いカーテンがかかっている。暗闇の中、カンテラの明かりがなければ部屋の所在すらはっきりとしなかった。

入り口の衛兵は眠らせたうえで、赤の陣営の護衛たちに任せた。エスメはひとり、館の中を進んでいた。

言い争うような声の後に、誰かが部屋から飛び出してきた。

「クリス‼」

エスメは彼の名を呼んだ。クリスは驚いたような顔をして、すぐさま「レギーか」と言った。どうしてここに、なぜわかったんだ、そうかレギーが伝えたんだな、というのがすべて一言に凝縮《ぎょうしゅく》されていたらしいのだが、エスメには手に取るように分かった。

クリスはエスメの手を取ってかけだした。彼は館の出口には向かわず、階段をのぼって更に奥にさまよい込んだ。

「うちの爵位を売れって？　断ったんでしょう」

「もちろんだ。ノアが他の貴族たちに書かせた、誓約書や受け取り書を探している。口止め料も含めてたんまり払ったはずだ」

「それがあれば動かぬ証拠というわけね」

爵位の売買の件をアルバート陛下とベアトリス陛下に報告し、違法な手段で貴族の地位を手に入れた者たちを追放し、緑の陣営を正しい形に戻す。

そうすればサミュエルの陣営は、あるべき姿に立ち戻る。

「……別行動したほうがいいみたい」

エスメはクリスの背を押した。レイピアを抜き、背後の人物に向き直る。

「おとなしくあきらめなさい。あなたがたの星は隠れようとしている」

ノアは、わがままな子どもに言い聞かせるような口調である。

彼の手には短銃が握られている。クリスはあせったように言った。

「エスメ」

「早く行って！　私を信じて」

彼はかけだした。それでいい、と思った。狭い場所にふたりでは的《まと》に当てやすくなるだけだ。

エスメは手近な部屋に転がり込んだ。鏡が壁一面に張られた、ダンスホールのようだった。

ノアの靴音がかつりと、やけに耳障《みみざわ》りに響く。

「ここは小ホールですね。ベルトラム王家の子どもたちは、かつてここでダンスを習っていました」

「名所案内じゃないのよ。あなたの講釈は必要ない」

「ご自身がどこで死ぬかくらいは、知っておきたいかと思いまして」

ノアは銃をかまえ、弾をはなった。それはエスメの左腕をかすった。銃弾が鏡に当たり、ばりばりと砕け散った。

「次は当てます」

腕から血が垂れた。弾はかすめただけ、怪我に意識を囚《とら》われないように神経を集中する。甘ったるい、妙な匂いがただよっていた。エスメは浅い呼吸をこころがける。これが例の薬か。

館中が甘い匂いで満ちている。このダンスホールも例外ではないというわけだ。脳髄《のうずい》がしびれてゆく。考えることが面倒になり、他人に思考をゆだねたくなる。

意識をとどめておくために、エスメは声をあげた。

「私を殺してどうするっていうの？」

「あなたは目障りなのです。サミュエル殿下の王杖になるかもしれない」

「なるわけないでしょう。私は女なのだから」

「私は星読みだ」

ノアがきっぱりと言った。

「私が嘘やはったりだけでここまでのしあがってきたとお思いか？　私の星を見る力は本物です」

「私は、あなたがペテン師だと聞いているけれど」

「それならばあなたを殺そうなどとははじめから思わない。星のことわりを見られなければ、あなたが私たちにとって邪魔な存在になるとは知りようがないのだから」

ノアが次の弾をこめる。

エスメはレイピアと短剣を握りしめ、彼の懐に入り込もうとした。だがノアは素早かった。銃ではたかれて、レイピアが落ちる。からんからんと音をたてた。

残された短剣を手に、エスメは果敢に床を蹴った。ノアは難なく避ける。星読みをしているだけの優男《やさおとこ》かと思ったが、存外すばやかった。繰り出した一撃は、ノアの髪をひと束、はらはらと落としただけだ。

「やはり。あなたは逆境の中でもその輝きを失わない」

ノアはいらだっている。

「その不屈の精神が、私の計画をくるわせるのです」

「あなたの計画なんて知らない。私はこの国に、ひとりの王を取り戻したいだけ」

「緑の王は私の手の中に置く。私は詐欺師《さぎし》ではない。ベルトラム王朝を星読みの力で裏から支え、意のままにするのだ」

ノアが銃をかまえる。再びエスメは距離を詰めたが、すぐに手首をつかまれた。短剣が手からこぼれ、耳障りな高い音を響かせた。

――だめだ。薬が効いてきた。

霞《かすみ》がかかったように、頭がぼんやりとしてくる。

私は訓練された兵士ではない。そのうえ薬を使われては分が悪すぎるか。

「あきらめなさい。あなたは女性だ。力では男には敵《かな》わない」

「そうかもね」

だが私は忘れていない。

吹雪の中、けして失われなかったベルトラムの光を。

あきらめてたまるか。

私に星は見えない。この部屋に希望の光は射さない。だが、信念だけは曲げない。

西の民のため、サミュエルの玉璽を取り戻す。

エスメは息を止めた。そして、あいたほうの手で薔薇の眠り薬の蓋《ふた》を開け、ノアの顔めがけて、思い切りぶちまけた。

＊

「おい」

声をかけられ、クリスは肩をびくつかせた。

「何をごそごそとやっている」

「ひっ……ひええっ……げえっ」

クリスは尻餅をついた。これまではエスメに渡された眠り薬を使って、二度ほど危機を乗り越えてきたが、もう薬は底をついている。いよいよおしまいかと思った。

蠟燭の火が揺れた。ぼんやりとした明かりが、妖《あや》しげな美貌を持つ青年を浮かび上がらせていた。

苔のようなまだらな緑の瞳。そのすいこまれそうな魅力に、クリスは一瞬の間、ぽかんと口を開けていた。

「エスメ、お前か」

「げえっ」

「違うな。お前は誰だ」

げっぷで返事をしてしまい、クリスは恥ずかしさのあまりもじもじとしながら、小さく声をあげた。

「クリス・アシュレイルと申します。……サミュエル殿下」

ひと目見ただけで分かった。この類《たぐ》い希《まれ》なる美貌はベルトラム王家のものだと。

それに、王配エタンゆずりの特徴的な瞳の色は、サミュエルだけが受け継いだものである。

「げっぷ兄か」

「ひえっ、そうですけども……」

不名誉な呼び名だったが、否定はできないのでおそれいるほかなかった。

クリスの腕の中には、分厚い書類の束がかかえこまれている。ようやく見つけたのだ。ノアと元領主たちの取引のあかしを。

「あ、あの、サミュエル殿下。エスメを助けてください。ノアに襲われているんです。僕はようやく爵位を不正に売買した証拠を見つけました。あとはエスメを助け出すだけなんです」

クリスは、サミュエルにとりすがった。

「殺されてしまうかもしれない。僕たち兄妹のことは謝罪します。でもどうか妹の命だけは」

「助けに行きたいのはやまやまだが、僕はここから動けない」

いまいましそうに、サミュエルは片足を持ち上げてみせた。鎖で壁とつながれた足かせが、彼の足に重たくまとわりついていた。

どうやら、ここはサミュエルの寝室として使われている部屋らしい。甘ったるい匂いが部屋の中でよどんでいた。クリスは窓を開けた。ひどい雪曇《ぐも》りで日射しは入らなかったが、冷たい風がカーテンを揺らし、いくぶんか気分が良くなった。

「ずっとここでノアに幻覚を見せられていた。足かせの鍵は母さまが持っている。今ここに呼ぶから、僕が合図をしたら、母さまを説得して鍵をとりあげろ」

「ど、どうやって」

「その腕にかかえたものを使ってだ。──アン、行ってこい」

サミュエルは白い犬を部屋の外に放った。犬は騒々しく吠え声をあげる。それを聞きつけて、まもなくいくつかの足音が近づいてきた。

「サミュエル、目が覚めたのですね……?」

イザベラは、ベッドに腰掛ける息子の顎をなでた。

「どうやって目を覚ましたの？　お薬を飲んで、ぐっすりと眠っている時間なのに」

彼女は、サミュエルのそばにたたずむクリスに気がついた。灰色の瞳に冷淡な光が宿る。

「ねずみがもぐりこんで、あなたを起こしてしまったのかしら」

イザベラは憎々しげな声をあげる。

サミュエルは、淡々と要求した。

「母さま。僕の国璽を返してください」

「あなたに政治は無理よ。母さまにすべてを任せて……」

「無理ではない。いんちきな夢を見せる薬は僕には効かない。ある程度、薬の成分にあたりをつけて解毒薬を調合していました。母さまにお会いする前にあらかじめ飲んできて正解でしたよ。眠りすぎてしまったのは誤算でしたが。予想がすべて的中させられたわけではないらしい」

サミュエルは、自らも薬学について造詣《ぞうけい》が深い。当然ノアが薬によって母の心をつかみ、彼女の精神を支えていることに気づいていた。占いやなぐさめの言葉だけでは、鬱屈状態に陥《おちい》った人間がここまで回復するとは思えない。都合の良い夢を見せ続けるには、甘ったるい仕掛けが必要だ。

だから、離宮のいたるところでただよう匂いや母の様子から、ノアの使う薬がどのような代物《しろもの》かを推測できたのだ。

サミュエルは強い口調になった。

「僕の国璽を返せ」

「サミュエル」

「そして、アシュレイル家から手を引け。これ以上僕の家臣を傷つけるようならば、母さまとて容赦しない。あの占い師もろとも、このイルバスから永久に追放する」

イザベラは涙を浮かべ、声を震わせた。

「どうしてわかってくれないの。すべてあなたを想ってのことなのに。あなたが嫌われ者になることが、我慢ならなかったのに」

さめざめと泣き始めるイザベラだが、クリスが「げっ」と声をあげたおかげで空気が台無しになった。いいぞ、とクリスは思った。僕のげっぷも、こういういやな流れに水をさすときは、なかなか役に立つじゃないか。

サミュエルは目配せをした。合図である。

「……王太后さま。すでに爵位の売買にかんする証拠の品はおさえてあります。占い師ノアを介して、緑の陣営内に自らの手足となる多くの者を、密かにまぎれこませていたことはあきらか。あなたはサミュエル殿下から家臣を奪いとった。しかしすでに殿下は国璽をお持ちだ。王太后さまの後ろ盾なく、政治を執り行うことができます。これ以上あなたの好き勝手は許されません」

イザベラはいまいましそうな顔になる。

「お黙りなさい。ベルトラム王家のことに、お前のようなものが口を出すなど許されることではありません。——サミュエル、あなたはひとりぼっちのお母さまを見捨てるというの？　そんなことはしないわよね？　私のことを愛しているのでしょう？」

「ええ。でも僕は、あなたに依存はしません。個人的な愛より国への愛を第一とするのは、ベルトラム王家の子どもたちの信条。これは王命です。国璽を返し、足かせをといてください」

「サミュエル」

「あなたの罪は議会で告発します」

イザベラは床にくずれ落ちた。サミュエルはそれを冷たく見下ろしていた。どんなに泣いても叫んでも、彼はいつものように母を抱きしめることなどしなかった。

サミュエルは命じた。

「お前たち、鍵を」

イザベラの侍女は顔を見合わせて、おろおろとするばかりだ。

「早く王太后から鍵をとりあげるんだ。僕の命令が聞けないのか？」

「……自分でできるわ、サミュエル」

イザベラはドレスの袖《そで》の中に手を入れる。

そして、ぎらりと光ったナイフを振り上げた。

「危ない‼」

クリスは思わず、サミュエルを突き飛ばした。

クリスの腕に熱いものが走った。痛みのあまりうめくと、サミュエルは彼の体をかき抱いた。

「なんてことを」

「王宮から追放されるくらいなら、あなたを殺して私も死にます。ノアが言ったもの。あなたは不吉な星を持つ王になると。あなたが民に恨まれ、なぶり殺しにされるような未来は見たくない。私の子どものあなたのままで、母さまを安心させてちょうだい」

王太后は錯乱している。彼女の体から、腐った果実のような甘い匂いがただよってくる。この部屋に、ずっとただよっていたあの匂いと、同じものだった。

もう一度イザベラは腕を振り上げる。その長いドレスの袖を、するどい剣の切っ先が刺し貫《つらぬ》いた。

「もう、やめてください。正気を取り戻して」

「エスメ」

少女はその手のレイピアで、王太后の動きを封じていた。

エスメは肩で息をしている。腕からは血を垂れ流し、顔面は蒼白だった。

「殿下はイザラムで、ご立派に将来の王としてのお役目を果たされました。誰の干渉《かんしょう》も必要としません。国璽を殿下にお返しください。そして、殿下の戴冠《たいかん》を見届けて」

彼女は言葉を切った。

「三人目の王は、この国に必要です。サミュエル殿下が私たち緑の陣営の希望の光です。どんな困難にも立ち向かい、道を切り拓《ひら》く力。彼にはベルトラムの太陽の血が流れている。それは……王太后さま、あなたが誰よりも理解しているはず」

イザベラはナイフを取り落とした。

エスメがそれを拾い上げようとすると、背後からすばやく手が伸ばされた。

一瞬のことだった。彼女が声をあげる前に、ノアが雄叫《おたけ》びをあげ、エスメの背に向けて、ナイフを振り上げた。

油断していた。

眠り薬はあまり効かなかったらしい。意識をとばしたはずのノアは、すぐに回復したようだ。あるいは、つねにこの匂いの中ですごしているせいで、薬に耐性があるのか。念のため彼の銃は奪ってきたが、王太后のナイフが彼の新たな武器になるとは予想していなかった。

アンが耳をぴくぴくさせて、遠吠えをする。強く、長く。

同時にノアがナイフを振り上げた。残酷な銀色の光が、振り返ったエスメの瞳にうつりこんだ。

サミュエルが一歩踏み出した。エスメのマントを引き、彼女を自分のもとへ引き寄せる。

「殿下、おどきください！」

ノアのナイフがサミュエルのわきをかすめ、ジャケットの袖が切れる。

アンが激しく吠え立てた。

「殿下を探せ‼　犬の鳴き声がするほうだ‼」

寝室に、大勢の男たちがなだれこんできた。

彼らの持つカンテラの明かりで、暗闇にほど近かった部屋は、煌々《こうこう》と照らされた。

「フレデリック……」

助けに来てくれたのか。

彼のそばで、得意そうに胸を張るレギーの姿がある。

部屋の惨状を信じられないような目で見ていたフレデリックだが、すぐに己を取り戻したようだ。

「……占い師ノア。王子を手にかけようとした罪で投獄させてもらう。そして王太后イザベラ。彼の主人であるあなたもです」

イザベラは力なくうなずいた。

ノアは薄気味悪く笑う。

「また星が変わるか。サミュエル殿下、あなたの星は実に面白い。日ごと夜ごとにその姿を変える。周囲の者たちによって、あなたはまるきり変わってしまう。私がこの手で、べルトラムの王という大きな星を、変えてみたかったのですよ。ありのままのあなたは不吉な星を持っている。無能な王の統治を止めるのは私であったはずなのに」

「お前のような人間のために、僕は運命を曲げられたりしない」

フレデリックの仲間たちが、ふたりをとりおさえる。イザベラから鍵をとりあげると、フレデリックは王子の縛《いまし》めをといた。

「助かった。礼を言う」

フレデリックは一瞬、驚いたような顔になる。

「いえ。アシュレイル家のちびが、我らに助けを求めてきたもので。……私も、心の弱さゆえにノアの甘言《かんげん》に乗せられてしまいました。お許し願いたい。――クリス・アシュレイルが女と入れ替わっているのと密告したのは、私なのです」

双子を見比べ、フレデリックは嘆息する。

「今思えばげっぷちゃんが、あの厳しい吹雪の夜を乗り越えられるはずもなかったな」

「しかし、その『げっぷちゃん』が爵位売買の動かぬ証拠を命がけで手に入れたことも事実だ。すぐに兄妹ふたりとも、医者に診《み》せてやってくれ」

「御意《ぎょい》。だが殿下、あなたもです。ひどい顔色だ」

「兄の陣営に連絡を取ってくれ。議会を開きたい。それからピアスにも……」

サミュエルの体はぐらりと傾《かし》いだ。エスメやクリス、フレデリックが彼を支えた。サミユエルはひとりではなかった。こうして緑の陣営の配下たちは、王を救い出すために集まった。

「君に助けられることになるとは」

申し訳なさそうに言うクリスに、フレデリックは鼻を鳴らした。

「勘違いするな。サミュエル殿下のためだ」

ふたりの間にいったいなにがあったのだろう。立ちくらみを起こしているサミュエルを支えたまま、エスメはそれをたずねてみた。

クリスは、言いづらそうに口にした。

「寄宿学校の近くに、マリナという娘が住んでいたんだ。すごく可愛くて。僕はたびたび会いに行っていた。運命の人だと思った。けど、フレデリックと付き合っていたのを知らなかった」

「それで?」

「マリナとの逢瀬《おうせ》がばれて、フレデリックに決闘を申し込まれた。僕はぼこぼこにやられた。だがそれを知ったマリナは、フレデリックを振ってしまった。一方で僕はその決闘以来、心理的な圧迫を感じると、げっぷが出るようになってしまった」

つまり、痴情《ちじょう》のもつれというやつ。

フレデリックに殴られて顔は腫《は》れ上がり、おまけにげっぷは止まらない。美しく聡明《そうめい》だったクリスは様変わりしてしまった。そんなクリスを見て、マリナは衝撃を受けた。彼女は誰とも会おうとしなくなり、自室に閉じこもるようになってしまった。

フレデリックはあきらめなかった。マリナの家に、何度もたずねていった。乱暴なことが嫌いならこれからは控える。卒業したら結婚しよう。マリナの父親は裕福ではあったが、庶民階級の人間だった。それでもフレデリックは自分の家族を説得してみせると言った。マリナがフレデリックにこころよい返事をしないのは、身分を気にしてのことだと思ったのだ。

ずいぶん情熱的なプロポーズだ。今のフレデリックからは考えもつかなかった。

フレデリックは、もう思い出したくもないとばかりに、続けた。

「結局マリナは俺のものにはならなかった。クリス・アシュレイルの顔が、理想なんだそうだ。『フレデリック、あなたの顔以外はすべて私の理想なのに、ごめんなさい』それが彼女の言い分だった」

ふたりの間で揺れ動くマリナを見かねて、父親がしばらくの間修道院に娘を預けることを決めたというのが事の真相だったらしい。

そうしてフレデリックは心に傷を負うはめになった。

クリスの顔を見るたびに、そして彼が間抜けなげっぷを出すたびに、こんな奴のために恋に破れたのかといういらだちが頭をもたげ、在学中はクリスをいじめぬいていたのだとか。

　サミュエルは嘆息した。

「くだらん。お前に女を見る目がなかっただけだ」

「サミュエル殿下」

「そんな女のために陣営内でいがみあうな。さっさと忘れて、次の女を探せ。引く手あまただろう。領民をひとりも飢えさせたことがないお前なら。腐りきった緑の陣営の中だからというわけではないが、お前は見所があるんだ。まあ、ふるまいには文句をつけたくもあったが」

　フレデリックは一瞬、驚いたような表情を浮かべた。それから声を震わせて、はい、と返事をした。

「なんだ、泣くほど辛《つら》い思い出だったのか」

「いえ……」

　ずっとサミュエルに認めてもらうために虚勢を張り続けていたフレデリックは、なにかがふっきれたようだった。

「殿下。医師たちが到着しました」

　女性であるエスメのそばには、衝立《ついたて》がたてられる。

「お嬢さんの方は、かなり出血しています。傷口を縫わないと」

「嫁入り前の体なのに」

衝立の向こうで、クリスが涙ぐんでいる。

「僕のせいだ。なにもかも僕の……」

「うっとうしいから、泣かないでよ」

すぐさま上着を肩にかけ、エスメは衝立から顔を出し、兄の泣き顔をたしかめた。

クリスの方は見かけほど傷が深くなかったようで、安心する。

エスメの傷の処置のために、あわただしく医師たちが出入りする。

レギーは腰に手を当てた。

「クリスお坊ちゃま。お嬢さまの美しさはそんな傷くらいじゃ損《そこ》なわれません！　僕はおふたりが怪我をされて、とっても悲しいですけど……」

「レギー、あなたはよくやってくれた。立派な連絡係だよ」

怪我をしていない方の腕で、レギーを抱いてやる。

「私が怪我をしたのは、自分の不注意だったんだから。——なので、サミュエル殿下も気になさらないでください」

「……別に気になどしていない」

はらはらと様子をうかがっていたサミュエルは、ばつが悪そうにしている。

「——エスメ・アシュレイル。落ち着いたら、話がある」

サミュエルは、改まったように言った。

「さっさとその傷を治してこい。僕は未来の緑の陣営を作るために、まだやることがある。お前たちの処遇についてはその後だな」

「……はい」

この騒ぎをきっかけとして、エスメとクリス、ふたりの入れ替わりは公《おおやけ》のものとなるだろう。

——でも、後悔はしていない。新しい緑の陣営のもとで、スタークはけして悪いようにはならないはずだ。今度こそ、王たるサミュエルが采配をふるうのだから。

エスメとクリスは顔を見合わせ、互いにうなずいたのだった。

第四章

　ベアトリス女王が久方ぶりにイルバスの陸地に降り立った。

　王杖《おうじょう》のギャレット・ピアス、もと青の陣営の軍人ローガン・ベルク、ニカヤ人の忠臣である武官ヨアキムと文官ザカライアたちも引き連れ、彼女は王宮の会議の間へと進む。

　女王の登場に、王宮内は華やいだ。

　彼女を出迎えたベンジャミンに、ベアトリスはほほえみかける。

「ご苦労でした、ピアス」

「もったいないお言葉でございます」

　ギャレットは、懐《なつ》かしそうな表情を浮かべている。かつての後見人との再会を、彼は誰よりも喜んでいた。

「あとで久方ぶりにチェスを」

「ピアス公爵《こうしゃく》、喜んでお相手を務めさせていただきます」

「その呼び方はやめてください」

ギャレットはしかめ面《つら》になる。

赤の陣営は、年々賑《にぎ》やかになる。議席は増やされ、女王の貫禄《かんろく》も増した。

「トリス。ニカヤの時計は遅れているようだな。すっかり待ちくたびれたぞ」

会議の間で向かい合ったアルバートは、女王の遅刻をあてこすった。これも毎度のことになりつつある。

「お久しぶりですわお兄さま。それにウィルも」

「女王陛下。ご健勝そうでなによりでございます」

「ええ。でも今日は、私が最後というわけではなさそうね。さあ、サミュエルはどこに？」

扉が開き、王子の到着の知らせがもたらされた。ベアトリスは目を見開いた。ベルトラムの紋章を縫い取った緑のマントを揺らし、サミュエルはゆっくりと会議の間に入ってきた。

頭ひとつぶん背が伸びて、肩幅が広くなった。美しい顔立ちはそのままに、彼は少しずつ、確実に青年に成長していた。

——なんだか、おじいさまに似てきたわね。

若かりしときの王配《おうはい》エタンの肖像画を、横に並べて見比べてみたくなる。

「見違えたわ、サミュエル」

「姉さまは相も変わらず、おきれいです」

サミュエルのそばには誰もいなかった。緑の陣営の議席は、ずいぶんと少なくなっている。

「お前だけで平気か？　子守のベンジャミン・ピアスを『姉さま』から借りたらどうなんだ」

「必要はありません」

アルバートに揶揄《やゆ》されても意に介さず、サミュエルは背を正した。

「今回の議題は、先触れした通りです。緑の陣営の人事改革のお許しを。そして占い師ノアを国外追放とするべく、おふたりの国璽《こくじ》を押していただきたい」

アルバートは嘆息《たんそく》した。

「薄気味悪い占い師が消えてくれるならせいせいする。お前が尻尾をつかんでくれたおかげで、直接手を下す手間も省《はぶ》けた。すぐにでも国璽は押してやろう。そちらの人事は知らん。うちの人材を引き抜かないのならどうでも良い」

「……私も、おおむね同じところかしら」

ベアトリスは、優しげな口調になった。

「ノアに関してはずいぶんと寛大な処置ね、サミュエル。まさか彼の首と胴体をつなげたままにしておくとは思わなかったわ」

「顔に似合わずとんでもないことを言いだすな、トリスよ」

「お兄さまも似たような顔をしておいでよ」

サミュエルは咳払《せきばら》いをした。

「……たしかに、奴のおかげで緑の陣営内の少なくない領地が荒らされました。まともに冬を越す対策もされず、大寒波の脅威《きょうい》にさらされて多大な被害をこうむった。これはけして許されることではない。ノアの財産や権利をすべて剝奪《はくだつ》し、それらを被害に遭《あ》った者たちの補償にあてても、すべては取り戻せない」

「そうね」

「しかし奴を殺して、奴の星読みを完成させたくなかった」

ノアを処刑すれば、彼の中でサミュエルは永遠に無能な王のままであり続ける。サミュエル自身の力で、その星を強く輝かせる。その瞬間を、生きて見届けさせるのだと。

「我々はベルトラムの一族だぞ。占いなど犬のクソにも劣る」

アルバートの言葉に、サミュエルは苦笑する。

「その通り。星読みはすべて間違いであったと、ノア本人に理解させるために。僕がベルトラムの王のひとりとなり、平和をもたらすところを奴に見せてやりたくなったんです
……そして母さまにもね」

「異存はないわ。占い師ノアは財産をすべて剝奪の上、永久に国外追放に処するとします」

「同じく」

どのみち彼にはもう大した力は残っていないはず。故郷においてのノアは詐欺《さぎ》を働いたお尋ね者だ。家族からも縁を切られている。イルバスで金にものをいわせて築いた人脈も、こうなってしまってはもう役に立つことはないだろう。

ノアを殺すことは簡単だ。それだけのことをした。

しかしサミュエルは、彼や母親の支配から逃れるために、別の答えを出した。

「母上の処遇についてはどうする？　サミュエルから国璽を取り上げ、好き放題ふるまった。おまけにサミュエルを害そうとしたときている」

「お兄さまは、どうお考えなの？」

「これ以上サミュエルへの妄執《もうしゅう》が消えぬようなら、修道院に入ってもらうほかないだろうと思っている」

冷たい一言であったが、ウィルがすかさず言葉をつけ加えた。

「少なくとも、王太后《おうたいごう》さまはサミュエル殿下とは距離を置かれるべきでしょう。殿下の戴《たい》冠式《かんしき》は目前まで迫っています。西の救援活動を経《へ》て、サミュエル殿下の支持者も少しずつ増えてきました。イザベラ王太后さまの存在は、できるだけサミュエル殿下から遠ざけた方が良い。立ち消えになったとはいえ、離宮《りきゆう》の建設騒ぎも記憶に新しいことですし」

ギャレットが注意深く発言する。

「……王太后さまのために、環境を変えた方がよろしいというのなら、あのお方のことはこののち、我々がニカヤへお連れしますが」

「——母さまのことは、僕に任せてくれませんか」

「サミュエル」

「僕が王として独立したところを見せなければならない。自分が育てたのはひとりの息子であると同時にひとりの王なのだと。それを理解していただいてから、いかようにも好きなところへ行っていただければいい」

アルバートはこめかみにひとさし指をあてた。

「サミュエル、お前はいつも甘い。母上をお前のところに残すのは承諾《しようだく》できない。母上は我が管理下で暮らしていただく。あの薄気味悪い離宮に置いたままではいつまでも変わらんだろうからな」

ベアトリスは思案顔になった。

「事実上の幽閉《ゆうへい》状態になるということね？」

ウィルは彼女の懸念《けねん》にこたえた。

「王太后さまを閉じ込めたりはいたしません。きちんとした医師をつけ、彼女の健康に留意をしたうえで、ベアトリス陛下やサミュエル殿下に定期報告をいたします。ノアの使った薬は依存性が高く、いまだに毒が抜けきらないようですから」

サミュエルはため息をついた。たしかに、ノアを失ったイザベラはかんしゃく持ちとなり、医師の手をわずらわせている。慣れ親しんだ環境から離すのも、荒療治ではあるが効果を期待できるのかもしれない。

あの離宮は、イザベラが幸福だったときの子育ての思い出が、こびりついている。

「……そうするのが、一番なんでしょう。ノアの薬を完全に解毒《げどく》する方法に関しては、引き続き僕が調査を続けます。すでにノア本人に解毒法を尋問しておりますが、長く薬に浸っかりすぎたせいか、母さまの回復には時間がかかるようですので」

「あら、サミュエル。あなたはお母さまをどうしても手元に置きたいと言うと思ったのに」

「僕は、甘さを捨てなくてはなりません。それを拾ってくれる者が、そばにいるから捨てられるのですが……」

ベアトリスは目を細めた。

母との間には、まだわだかまりが残っている。これから、長い時間をかけて少しずつ解決していかなくてはならないことだ。

しかしこれは、きょうだい全員で協力できる事柄である。

「それでは本日の議題はこれにて終わりか？」

「いいえ。兄さま、姉さま。待ってください。もうひとつお話ししたいことが」

サミュエルは、兄姉を前にして、改まった口調になった。

ベアトリスはほほえんだ。

最後の議題は、きっと良い知らせに違いないと思っていたのである。

「どうぞサミュエル、話してごらんなさい」

サミュエルは、深く息を吸い込んだ。

*

アシュレイル伯爵《はくしゃく》領、スターグ。

まだ寒さの厳しいこの季節だが、家々の明かりは点《とも》り、夕食のスープの匂《にお》いがただよってくる。

エスメは雪をふみしめながら、散歩を楽しんでいた。傷はすっかり良くなり、痕《あと》もほんのわずかしか残らなかった。令嬢の姿に戻ったエスメは、あのころのことが嘘のように、平穏な毎日を送っている。

（フレデリックに、肉と油を融通《ゆうずう》してもらえてよかった）

先日の詫びだと言って、彼はスターグ領に支援物資を送ってくれた。今年の冬は、とりあえずのところは心配せずにすみそうである。

クリスの活躍のおかげで爵位を取り戻した者たちは、また人生をやりなおすために、それぞれの領地に向かって出発した。

占い師ノアと彼の配下たちの追放に伴い、赤・青の陣営のそれぞれから人材が派遣されるという。春がやってくるまで、一時的にすべての陣営が総出で国民を支えることになった。

——もう、私が王宮に行くこともないかもな。

クリスの癖《くせ》についてもサミュエルは承知しているし、兄とフレデリックは険悪ではなくなってきている。兄は自信をもちはじめたのか、以前よりげっぷも出なくなっていった。入れ替わる必要はもうないのだ。

寂《さび》しいような、物足りないような。

もうサミュエルに会うこともないのかと思うと、気持ちがずんと重たくなる。

いつだって彼の背中を目指してきた。王太后にさらわれた彼を、無我夢中で取り戻そうと、離宮にまで乗り込んでいった。

今思えば、あれほど無謀なまねができたのは、その対象がサミュエルだったからだ。

彼の顔を思い出すたびに、胸がしめつけられるようだった。

もう一度サミュエル殿下に会えたらうれしいけれど、女にもどった私は議会に出席できない。

長い髪をなびかせて、エスメは苦笑した。

（贅沢《ぜいたく》言っちゃいけないな。スタークの民《たみ》が無事に生き延びること。私の目的は、十分に果たされたのだから）


切り替えなくちゃ。

私にできることを、また少しずつやるだけだ。

春になったら、種イモを植えよう。勉強のために、フレデリックの農場を見せてもらおうか。ピアス先生にはお礼の手紙を書いて。サミュエル殿下には……。

エスメは、ぽかんと口をあけた。

白樺《しらかば》の木の下に、青年がひとり立っている。

「相変わらずのバカ面《づら》だな」

「で、殿下……どうしてここに」

夢を見ているのかと思った。サミュエルを想うあまり、粉雪が幻想を見せているのかと。

端整な顔立ちに、伸ばしぎみの金色の髪。間違えようがない。

「スタークを視察すると言ったまま、忘れていた。だから今日来てやったんだ」

「先触れもなく？」

「気分が乗ったから」

そんな、買い物感覚で来られても困る。貧乏領主のアシュレイル伯爵家は、サミュエルを満足にもてなすこともできない。ほうぼうから金や人をかき集めて、王子を迎える準備をしなくてはならないのに。

「別に構わなくて良い。勝手に来ただけだから」

「構いたくても構えませんよ」

サミュエルは、ちらりとエスメをうかがった。

「怪我の具合はどうだ」

「もうなんともありません」

「前、見たのは一瞬だったが」

「はい」

「髪がきれいに手入れしてある」

「クリスがやってくれます」

「だろうと思った」

失礼な。エスメはむっとしたが、このようなやりとりも久しぶりだったので、うれしかった。

歩きながら、ふたりはとりとめもなく色々なことを話した。現在のイザラムのこと。今後、サミュエルが力を入れようと考えている農業の新しい試みのことや、缶詰工場を増やすために費用の試算にとりかかったこと。

「すごいですね。西が変わっていくのはうれしいけれど、今の私には別世界のことみたいで」

サミュエルは、ひとつ呼吸を挟んでから言った。

「お前のことを迎えに来た」

「え？」

「エスメ・アシュレイル。お前を緑の陣営に迎えたい。クリスとしてではなく、お前自身を」

「それって……」

女でも、政治に携《たずさ》われるということ？

クリスと一緒に、私も議会に出ても構わないということ？

サミュエル殿下と、まだ一緒にいられるということ……！

エスメは瞳を輝かせた。

「行きます！　行きたいです。私はいったいなにをお手伝いすればいいんでしょうか？」

「僕の政務、すべてだ」

サミュエルは立ち止まった。

「僕の王杖になれ、エスメ・アシュレイル」

「――え」

エスメは、あまりのことに言葉が出てこなかった。サミユエルはいらだったように言う。

「またバカ面かよ」

王杖。王が誰よりも信頼し、その右腕とする公爵のこと。

言葉の意味はわかっていても、理解がおいついていかなかった。

「ま、待ってください。私がですか？　ウィル・ガーディナー公やギャレット・ピアス公と、私を並べて見比べてくださいよ」

「まあ、お前はふたりから比べれば格段に劣るだろうな。女だからナメられるだろうし」

「そ……そうでしょう。アルバート陛下もベアトリス陛下も、良い顔はしませんよ」

「ふたりの許可はすでにとってある」

サミユエルは、まっすぐにエスメを見つめた。

苔《こけ》のようなまだらな緑の瞳。思慮深さをたたえた、吸い込まれそうなそのまなざしで。

「僕に必要なのは優秀なだけの王杖ではない。僕を王たらしめてくれる王杖だ」

「サミユエル殿下」

「エスメ。お前は僕の太陽の血を信じて、命をなげうってでも助けようとした。いつも翳《かげ》っていた僕自身の光を、見つけ出したのはお前なんだ。僕は王になる。時には、冷徹な王にならなくてはならない。だが僕が切り捨てようとするものの中に、王として失ってはいけない何かがあれば、お前がちゃんと拾い上げてくれる。僕が皆から望まれる王となるのを、お前ならあきらめないでいてくれる」

「でも、私が……」

「女が政治にかかわれないことを、嘆《なげ》いていたんじゃないのか？」

サミュエルがからかうように言う。

「僕の陣営では、僕の好きにさせてもらう。エスメ、イルバスではじめての女の王杖となれ。お前の活躍しだいでは、女性の未来が変わるかもしれないぞ」

サミュエルは、エスメに手を差し出した。

これは大きな転機だ。

自分のためだけではない。

イルバスの大いなる未来のために。

エスメは、覚悟を決めた。

たったひとつも取りこぼしたくない。このイルバスで生きるすべての者を、強欲に守りたい。そんな想いを、彼はくみとってくれた。

私が仕える王は彼だけだ。

「……まだ、自分に自信はない。でも信じたい。サミュエル殿下のもたらす平和な世を」

エスメはサミュエルの手をとった。

私は、やれるだけのことをやる。この手で守れるだけのものを。

彼と一緒なら、イルバスという大きな国を守り慈《いつく》しむことができるはず。

視界のすみに、銀色の光が流れた。

「流れ星だ。昼間なのに」

星が動いた。

ノアは、サミュエルは変化の星を持っていると言っていた。自分の予言は本物だとも。

（変われるというのは、なによりなことじゃない）

国も、人々も、歴史もうつり変わる。

彼の治世を実り豊かなものに、変えていければ良い。緑の陣営の力で。

たとえ星がすべて燃え尽きて、空に輝きが失われたとしても。サミュエルがいれば、緑の陣営は正しく歩み続けることができるだろう。緑の陣営は作り替えられる。

廃墟のようだった西の土地は、地上で輝く星々が踊る、豊かな土地になるはずだ。

「私、王宮に出仕するのが楽しみです！　そうだ、すぐにでもクリスに報告しなくっちゃ。お父さまも叩き起こして、レギーに支度を手伝ってもらって――」

「なあ、お前……」

サミュエルは言いづらそうに口をひらく。

「わかってるのか？　男王の王杖に、女がなるってことは……」

「はい！　私の働きに、女性の未来がかかっているんですよね！」

エスメはこぶしを握りしめる。

「失敗はできません。『やっぱり女に王杖は務まらない』と言われないようにするため、全身全霊でサミュエル殿下をお支えします。でも知識不足や経験不足は否《いな》めないな。今からでも、王都の学校に行けないかな。どう思います、サミュエル殿下？」

「……いや、なんでもない」

「え？」

「というか、どうでも良い。好きにしろ」

サミュエルはすねたように言うと、すたすたと歩き出す。

「サミュエル殿下、どうされたんです」

「寒いんだよ、さっさと行くぞ」

「うち、逆方向ですけど」

「早く言えバカ」

サミュエルが急に不機嫌になってしまい、エスメは困惑した。早足で歩くサミュエルを追いかけようとすると、凍った地面に足を滑らせそうになる。

「わ」

　サミュエルはあきれたようにため息をつくと、右手を差し出した。

「世話の焼けるやつ」

「すみません」

「言っておくが、お前が僕の世話をするんだからな。いつまでもこのままじゃ困るぞ。王杖はいつだって辞《や》めさせられるんだ、覚悟しとけよ」

「は、はいっ‼」

　サミュエルは、エスメの手をしっかりと握りしめた。エスメはそれがうれしくて、同じくらいの強さで握りかえした。

　サミュエルがこちらに視線を向ける。エスメは顔をほころばせた。

「うれしいです。サミュエル殿下と一緒に歩けることが。ありがとうございます、サミュエル殿下」

「……前見て歩けよ」

　サミュエルはそう言ってから、小さく付け加えた。

「まあ僕も、お前を見つけられてよかったと思ってる」

　エスメはその言葉に動揺してふたたび足を滑らせ、サミュエルと共にひっくりかえった。

　悪態をつくサミュエルに申し訳ないと思いながらも、エスメはくすくすと笑いを漏《も》らした。

彼のひとことは、エスメをこれ以上なく舞い上がらせるのに、じゅうぶんだったのである。


「いやあ、それでそのまま、肝心なことはなにも伝えずに帰られたと」

ベンジャミンがパイプをくゆらせ、愉快そうにしている。


「うるさい」

*

イルバス王宮、サミュエルの書斎――。

サミュエルはどかりとソファに腰をおろす。

エスメの次の出仕は春だ。サミュエルの戴冠式に合わせて、彼女を王杖としてお披露目《ひろめ》する。それまでエスメには準備に専念してもらわなくてはなるまい。サミュエルが選んだ教師陣が、アシュレイル邸に向かって出発したころである。

「彼女の教育を王宮でしなかったのは正解だ。男だけでなく、女からも嫉妬《しっと》されるだろうからね。ただでさえ前例のないこと、無用なごたごたは避けておかなくては」

「……本人は、まったく自覚なし、といった具合だったけどな」

男の嫉妬は理解できるだろう。エスメの出世を勘ぐったフレデリックと、ひと悶着《もんちゃく》起こしたのだから。

「なにが『私の働きに、女性の未来がかかっているんですよね』だよ」

言いながら、深くため息をつく。

あの灰色の瞳を輝かせ、屈託なく言われたのだからたまらない。

能天気なバカ面。それでも彼女が良いと思ってしまったのだから、仕方がないのだが。

男である王の王杖に、女性が就《つ》くという意味。

それは女王の王杖が王配、すなわち夫となることを知っているなら、逆の場合はどうなるか、理解できると思っていたのに――。

「殿下にあっさりと肩すかしをくわせてしまう女性が王杖ですか。緑の陣営もこれからますます期待できそうで」

「お前は他人事《ひとごと》だからと面白がりすぎだ」

サミュエルにとって、あのときは二重の意味で、思い切った決断だった。

エスメには、見事に流されたが。

足元にすり寄るアンを撫でながら、サミュエルはぽつりと言う。

「わからないものだな。以前は、伴侶《はんりょ》にするのは従順でおとなしく、夢見がちな女が良いと思っていたのに」

姉以外の女など無価値。女たちはベルトラムの血を繋《つな》ぐための道具でしかないのだと。

だが、今はそうは思わない。

自分を信じてついてくる彼女の真摯《しんし》さに、サミュエルはいつのまにか胸に射し込むような光を見いだしていた。

そうして当時の理想とは真逆《まぎやく》の、エスメを選んだのである。

ベンジャミンが甘い煙を吐き出した。

「現実はいつだって、思いもよらぬ方向に進んでいくものだ。これからエスメにはいろいろと覚えてもらわなくてはならないことも多い。急に王杖と王妃、ふたつの役目を背負わせるのは酷というものだろう」

「わかってる」

「時間をかけて、共に歩いていけばいい。なにせおふたりはまだ若い」

「……わかってる」

サミュエルはくちびるのはしをあげる。

時間はある。星の寿命は、驚くほどに長いのだ。

にぶいだけの彼女も、いまに自分の立場を理解するはずである。

「あいつが僕に惚《ほ》れるのも、時間の問題だ」

「いやあ、それはもう、大丈夫なんじゃないかと思いますけどね」

ベンジャミンがごく小さな声でそうつぶやく。サミュエルは「急になにをぼそぼそと言っている」と顔をしかめた。
春が待ち遠しい。堂々と王になれることが。そうして、自分の王杖を得られることが。
彼女と共に、西の地を生まれ変わらせてみせる。
――はやく、僕のもとへ来い。エスメ・アシュレイル。
高らかに、春の詩《うた》を歌いたい気分だ。
サミュエルは床を蹴飛ばすようにして立ち上がる。
「ピアス、手伝え。あいつがなまけないよう、たんまり資料を送りつけてやる」
彼は書棚から分厚い本を抜き取ると、ベンジャミンに投げて寄越したのだった。

エピローグ

長い髪を揺らし、エスメは王宮内をうろうろしている。

サミュエルの戴冠式《たいかんしき》である。

正装である白い軍服に身を包み、グリーンのタイを結んだエスメは、視線をさまよわせていた。

「遅い」

談話室の前に立つ、サミュエルはご機嫌斜めだ。足元のアンまで不機嫌そうに鼻を鳴らしている。

「どこで油を売っていた。もう大聖堂に移動する時間だ」

「すみません。いつもながら王宮が広くて、迷ってしまって」

「いい加減慣れろ。お前の職場だぞ」

あきれたように、サミュエルは続ける。

「兄さまと姉さまは、もうとっくに到着している。新参者のお前が最後でどうする」

「も、申し訳ございません！」

エスメは他の陣営の王と王杖《おうじょう》たちに、頭を下げた。

余裕をもって王宮にたどり着いたはずなのに、このていたらくとは。

彼らは談話室で休憩をとっていた。大聖堂への警護の準備が整うまでの間、談笑していたようである。

「いいのよ。私たちこそ遅刻の常習犯ですから」

「ベアトリス陛下。それは胸を張って言うことではありません」

ベアトリスはギャレットにたしなめられ、それもそうね、ところころ笑っている。

王杖たちの中で一番の年長者であるウィルが、エスメを談話室の中へうながした。

「本日はおめでとう。王杖が誕生したことで、緑の陣営も結束力が高まることだろう」

目を閉じ、腕を組んでいたアルバートが立ち上がった。

エスメの顔を、品定めするようにのぞきこむ。

「女の王杖か。せいぜいふるまいには気をつけることだ。お前がなにかしでかすたびに、女だからと後ろ指をさされることになる。王杖の座を手にできなかった男どもの嫉妬はおそろしいぞ」

「――はい。肝《きも》に銘《めい》じます。私の王杖就任を認めていただき、ありがとうございます。アルバート陛下」

エスメはひるまなかった。アルバートは愉快そうに顔をゆがませる。

「サミュエルが不利になる選択をするぶんには、俺はいっこうに構わんからな」

「さあ。とてつもなく有利になるかもしれないですよ」

サミュエルは兄をひとにらみし、互いに顔をそらした。

「さっそく、クリス・アシュレイル卿《きょう》の香油が、王都で大流行しているみたいですしね。収入は西部地域の農業開発に充《あ》てられるとか」

ギャレットの言葉に、「我が陣営にも優秀な人材が戻り始めたからな」とサミュエルは得意げである。

エスメの王杖就任が決まったとき、初の女性王杖の誕生とあって、当然ながらエスメは注目された。すでにあのアシュレイル卿が、実はその妹であったことが周知の事実となった以上、髪をかつらの中に押し込む必要はもうない。長い髪をおろして出仕した彼女に、宮廷の貴婦人たちはこぞって叫んだ。

「どうなっているの、あの夜空のような美しい髪は！」と。

薬草をふんだんに使った、クリス手作りの香油は、すぐさま商品化された。

スタークのあちこちに薬草園が作られ、今は村人たちが大忙しでハーブ栽培にとりかかっている。来年の冬を越す心配は、まったく不要となった。

兄はあっという間に領地を救ってしまった。

エスメはこぶしをにぎりしめる。

「イモ作りも、あきらめたわけじゃないですから！」

西に土地は有り余っている。香油の売り上げ収入をもとに、温室を建てる予定なのだ。

アデール女王が育てたジャガイモを、この手で収穫する日も近いかもしれない。

「頼もしいこと。私は、女性が政治の場に進出してくださることには大歓迎です」

「光栄です、ベアトリス陛下」

これで、三人の王がそれぞれ王杖を持った。互いによりいっそう切磋琢磨《せっさたくま》して、この国を繁栄させてゆくことになる。

イルバスの未来を見据えて。

「――サミュエル、国璽《こくじ》を作り直せ」

アルバートは、弟とその王杖をながめながら言った。

「今のお前に、あの図案は軟弱すぎる」

サミュエルはもう、薔薇《ばら》の花園の中に閉じこもる少年ではなかった。

寒さと痛みを知る、ひとりのイルバスの王である。

「……はい。エスメと共に、新しい国璽を決めるつもりです」

準備が整ったようだ。王たちを迎えに来たフレデリックやクリスが、恭《うやうや》しく頭を下げた。

「行くぞ、エスメ」

サミュエルに手を差し出され、エスメは自《みずか》らのそれを重ねた。

「僕の戴冠式だ。この国の彩りに、鮮やかな緑色を加えよう。僕たちでイルバスを変えるときだ」

「はい。――国王陛下」

かぐわしい薔薇の花園も、大地に芽吹く力強い作物も、思いのまま。

私たちひとりひとりの輝きで、美しく豊かな国を、この王と共に作り出す。

エスメは、サミュエルの手を、しっかりと握りしめた。

※この作品はフィクションです。実在の人物・団体・事件などにはいっさい関係ありません。

集英社オレンジ文庫をお買い上げいただき、ありがとうございます。
ご意見・ご感想をお待ちしております。

● あて先
〒101-8050　東京都千代田区一ツ橋2-5-10
集英社オレンジ文庫編集部 気付
仲村つばき先生

集英社
オレンジ文庫

王杖よ、星すら見えない廃墟で踊れ

2021年3月24日　第1刷発行

著　者　仲村つばき
発行者　北畠輝幸
発行所　株式会社集英社
〒101-8050東京都千代田区一ツ橋2-5-10
電話【編集部】03-3230-6352
【読者係】03-3230-6080
【販売部】03-3230-6393（書店専用）
印刷所　株式会社美松堂／中央精版印刷株式会社

※定価はカバーに表示してあります

ISBN 978-4-08-680369-4 C0193

白川紺子

後宮の烏《からす》

(シリーズ)

後宮の烏《からす》

夜伽をしない特別な妃・烏妃《うひ》。不思議な術で呪殺から
失せ物探しまで請け負う彼女を、皇帝・高峻が訪ねて…?

後宮の烏《からす》 2

先代の教えに背いて人を傍に置いてしまった烏妃の寿雪。
ある夜の事件で、寿雪も知らない自身の宿命が明らかに!?

後宮の烏《からす》 3

ある怪異を追ううち、寿雪は謎の宗教団体に行きついた。
一方、高峻は烏妃を解放する術《すべ》に光明を見出して…。

後宮の烏《からす》 4

烏妃を頼る者が増え守るものができた寿雪と、その変化に
思いを巡らせる高峻。ある時、二人は歴史の深部に触れて!?

後宮の烏《からす》 5

寿雪を救うため、最も険しき道を歩み始めた高峻。一方、
寿雪は烏妃の運命に対峙する決意を固め…歴史がついに動く!

好評発売中

白洲 梓

威風堂々悪女

シリーズ

威風堂々悪女

民族迫害をうけ瀕死の重傷を負った少女が目を覚ますと、
迫害の原因を作った皇帝の側室・雪媛に転生していて!?

威風堂々悪女 2

未来を予見し皇帝の病を快癒させ、神女と称される雪媛。
しかし後宮を掌握する寵姫・芙蓉が黙っていなかった…!!

威風堂々悪女 3

雪媛の信奉者は民衆の間にも増え、脅威はないかに思えた。
だが雪媛が寵を得たことで同族の尹族が増長し始める…。

威風堂々悪女 4

次代の皇帝の命を生まれる前に始末するか悩む雪媛。
ある時、自分の知る"歴史"が変わっていることがわかり…?

威風堂々悪女 5

ついに迎えた立后式の最中、芙蓉に毒を盛って流産させた
罪を着せられ雪媛の侍女が囚われた。この窮地に成す術は…。

好評発売中

【電子書籍版も配信中　詳しくはこちら→http://ebooks.shueisha.co.jp/orange/】